NINA MISELLI

ROSY E I BRIGANTI DEL MATESE

Youcanprint *Self - Publishing*

Questo libro è il prodotto della mia fantasia. Molti personaggi ed eventi sono ispirati a figure storiche, altri sono del tutto fittizi. A parte il caso di personaggi realmente esistiti, ogni somiglianza tra quelli fittizi e reali, vive o defunte è puramente casuale.

Foto copertina: Giuliano Palumbo Rosario Di Lello

Titolo | Rosy e i Briganti del Matese
Autore | Nina Miselli
ISBN | 978-88-91156-64-8

Youcanprint *Self-Publishing*
Via Roma, 73 – 73039 Tricase (LE) – Italy
www.youcanprint.it
info@youcanprint.it
Facebook: facebook.com/youcanprint.it
Twitter: twitter.com/youcanprintit

La storia è il racconto di come gli uomini hanno organizzato la loro vita in tempi diversi. Tutti gli uomini sono i protagonisti della storia perché ognuno contribuisce allo sviluppo e all'evoluzione...
Ognuno di noi ha una storia, un passato che nei secoli si tramanda di generazione ed io ho voluto tramandare la storia di piedimonte. Quella storia che mi ha insegnato ad amare i piccoli misteri di un paese incantato nel tempo.

Dedicato a chi ama Piedimonte

CASERTA.

Rosy amava godersi la veduta della reggia di Caserta, splendente nel mese di maggio con tutti gli alberi in fiore. Il pensiero che fosse stata costruita solo un secolo prima la elettrizzava tantissimo. Fu il re Carlo di Borbone che chiese a Luigi Vanvitelli, nel 1752, di costruirla. La reggia è costituita da un imponente edificio rettangolare dall'impianto simmetrico con quattro cortili uniti da gallerie e da un vasto parco lungo 3 km con giardini, fontane, cascate e sculture.

Le due facciate principali – rivolte una alla piazza d'Armi, l'altra al parco e caratterizzate dalla modulare sequenza di finestre, modanature, cornici e lesene – sono realizzate in laterizio e travertino.

Dal vestibolo centrale al piano terra si accede alla scenografica scala regia a rampa centrale caratterizzata da marmi policromi, che si divide in due rampe parallele di accesso agli appartamenti reali e alla cappella palatina. L'intero complesso si sviluppa lungo un asse centrale, costellato da 3 atri ottagonali, che prosegue alle spalle dell'edificio nel lungo viale di accesso al parco. Questo si articola in 3 aree: il parterre con il cosiddetto bosco vecchio, la Peschiera e le praterie con aiuole, siepi, vialetti e statue; l'area centrale lungo il viale con ampie vasche d'acqua, cascate e gruppi scultorei ed infine il giardino inglese con essenze arboree di grande pregio, laghetti e corsi d'acqua.

Rosy amava soprattutto il giardino inglese perché realizzato da John Andrea Graefer. Un giardino voluto dalla regina Maria

Carolina d'Asburgo-Lorena, moglie di Ferdinando IV, secondo i dettami dell'epoca che videro prevalere il giardino detto "di paesaggio" o "all'inglese", sottolineatura dell'origine britannica di spazi il più possibile fedeli alla natura (o almeno alla sua interpretazione secondo i canoni del Romanticismo).

La regina fu convinta da sir William Hamilton, inviato straordinario di sua maestà britannica presso il Regno delle Due Sicilie il quale si rivolse, per individuare l'esperto progettista del giardino, a sir Joseph Banks, noto per gli studi botanico-naturalisti e per aver partecipato con il capitano James Cook alla leggendaria spedizione dell'Endeavour. La scelta cadde su John Andrew Graefer, figura di spicco tra i botanici anglosassoni, allievo di Philip Miller. Graefer era noto nell'ambiente botanico internazionale anche per aver introdotto in Inghilterra numerose piante esotiche, alcune delle quali dal remoto Giappone.

L'opera di John Andrea Graefer cominciò nel 1786 e consentì al giardino di formarsi, di anno in anno, con piante e sementi individuate a Capri, Maiori, Vietri, Salerno, Cava dei Tirreni, Pedemonte, Agnano, Solfatara, Gaeta. Nel 1789, mentre proseguiva il suo lavoro al Giardino Inglese, Graefer pubblicò in Inghilterra il Catalogo descrittivo di oltre millecento Specie e Varietà di Piante Erbacee e Perenni.

Il giardino è caratterizzato dall'apparente disordine "naturale" di piante (molte le essenze rare e, comunque, non autoctone), corsi d'acqua, laghetti, "rovine" secondo la moda nascente derivata dai recenti scavi pompeiani. Di spicco, il bagno di Venere, il Criptoportico, i ruderi del Tempio dorico.

Le fontane del parco sono alimentate dall'Acquedotto Carolino, che fu inaugurato nel 1762 da re Ferdinando IV. Quest'opera che attinge l'acqua a 41 km di distanza è, per la maggior parte, costruita in gallerie che attraversano 6 rilievi e 3 viadotti (molto noto quello denominato "I ponti della Valle" sito in Valle di Maddaloni, di 60 metri di altezza e 528 metri di lunghezza, ispirato agli acquedotti di epoca romana).

Meno interessante il giardino all'italiana che si estende a sinistra, dando le spalle al palazzo, con la Peschiera grande dove si allevavano i pesci che venivano serviti alla mensa reale.

Poco distante si trova la Castelluccia, una sorta di fortezza in miniatura edificata nel 1769 per il divertimento e, forse, l'istruzione militare dei Principi reali. In origine, la torre ottagonale, il ponte levatoio, e soprattutto una cinta bastionata, rendevano chiaro il carattere militare (sia pure di gioco) della struttura. Ma, nel 1819 la trasformazione dei bastioni in giardini ha modificato il disegno iniziale.[1]

Quel pomeriggio, presso il giardino inglese avrebbe conosciuto il suo promesso sposo. Odiava essere donna, suo padre voleva solo un matrimonio vantaggioso. Lei voleva sposarsi per amore, ma era solo una donna e il suo volere non interessava a nessuno. Era sicura che sarebbe riuscita a trovare una soluzione. Proprio per la sua capacità di mettere in imbarazzo i suoi, suo padre aveva progettato il matrimonio a sua insaputa, solo una settimana prima delle nozze lei

---

[1] Descrizione dei beni culturali della campagna.

avrebbe conosciuto il suo futuro marito. Appena entrata nel Parco, si fermò per abituarvi ai colori, agli odori, alla sua grandiosità. La parte che si trovò dinanzi era quella del giardino all'italiana dell'abitazione dei Principi Acquaviva. Il vialetto che si diparte a sinistra dopo 200 metri circa dal viale centrale del parco la conduceva, per vialetti ombrosi, proprio nell'area del vecchio boschetto, in cui v'è la Castelluccia, circondata da un fossato e da un piccolo ponte levatoio.

Seguendo il canale, giunse alla Peschiera Vecchia per raggiungere la Fontana Margherita, da dove inizia la parte del parco in leggera salita. Amava la Fontana Margherita con un'aiuola circolare, circondata dalle statue delle Muse. Sua madre continuava a lamentarsi della lunghezza della Peschiera, che termina con tre grossi e terribili delfini dalle cui bocche sgorga l'acqua che defluisce nella peschiera. Un grande prato separa questa fontana dalla Fontana di Eolo, con cascata, grotte e statue rappresentanti Eolo ed i venti. Mediante due altre rampe semiellittiche si supera il dislivello della cascata e si costeggiano le cascatelle che precedono la fontana di Cerere. Seguendo ancora il prato arrivarono finalmente alla Fontana di Venere ed Adone che poi conduce alle sculture di Diana con le ancelle che cercano di proteggerla dagli sguardi di Atteone. La vasca è ai piedi del monte Briano dalla cui sommità scorre l'acqua che, con una bella cascata, si riversa nella vasca di Diana ed Atteone. Nel piccolo spiazzo a destra del gruppo di Diana c'è l'ingresso al Giardino Inglese. Rosy vide il piccolo gruppetto formato da il conte Leo, sua moglie e il suo futuro sposo. Le sembrava una di quelle bambole inglesi della sua infanzia: era talmente ridicolo con quel merletto ricamato, di tanto in tanto si portava sul viso il fazzoletto tutto con lo stesso motivo della camicia. "Oh mio Dio" pensò, "che fine farò con questa specie di uomo!". Lei guardò in viso suo padre, ma lui proseguì senza permetterle di dire una parola.

«Buon giorno conte Leo»

«Buon giorno barone, devo dedurre che questa sia sua figlia. Sarà una buona moglie, molto carina e concepirà dei figli belli»

«Ha ragione ora che guardo suo figlio, senza di me i suoi nipoti sarebbero dei mostri»

«Santo cielo Rosy, che modi sono»

«Rosy, non parlare in questo modo»

«Papà, mi sembra un babà»

«Barone mi auguro che dia una buona strigliata a sua figlia prima delle nozze. Ma se non ci riesce lei sarò io a metterla sulla retta via dopo il matrimonio».

Rosy stava per rispondergli, ma suo padre la fulminò con lo sguardo.

Si diressero verso il giardino inglese, Rosy era infuriata a causa del conte Leo, ma soprattutto per suo padre che gli aveva permesso di trattarla in quel modo. Amava il giardino inglese, ma nulla distoglieva il suo pensiero da quella frase, neanche i viali e vialetti, che erano arricchiti da maestosi platani, cedri del Libano, pini, cipressi, magnolie, palme, piante grasse, mentre i laghetti erano ingentiliti ancora di più con piante acquatiche. Finché non vide in lontananza un gruppo di giovani. Il suo viso si illuminò di nuovo; aveva conosciuto suo cugino Carlo e senza riflettere sulle buone maniere, iniziò a correre verso di lui. Lui nel riconoscere la sua voce, le corse incontro e la prese tra le braccia, perdendo l'equilibrio e cadendo a terra, sotto lo sguardo irritato di suo padre. Rosy sorrise a Carlo.

«Carlo devi aiutarmi, non voglio sposare quel babà e suo padre è un violento»

«Rosy, ma lo zio mi ucciderà questa volta, non è una delle solite marachelle»

«Ti prego Carlo, il conte Leo ha promesso che se non cambio dopo il matrimonio mi cambierà lui, e tu sai cosa significa questo»

«Non permetterò mai a nessuno di metterti le mani addosso, tu sei la mia piccola cuginetta. Ragazzi ho bisogno di voi»

«Buon giorno zio»

«Buon giorno Carlo. Questo è il conte Leo, sua moglie e suo figlio Giovanni».

Carlo fece un inchino ai nobiluomini e poi guardò i suoi compagni.

«Vi presento i miei compagni, il conte Antonio, il conte Andrea, il barone Luca, il barone Massimo».

Tutti i nobiluomini fecero un inchino per salutare il barone e il conto come rispetto per l'età e il titolo.

«Quindi Rosy, questo è il tuo futuro sposo, ma sei sicura di quello che fai...»

«Carlo sai, ho avuto anch'io dei dubbi se fosse un uomo o un babà...»

«Santo cielo, Rosy!»

«Barone non sono venuto qui per essere offeso da sua figlia, ora ci penso io...»

Stava per alzare la mano contro Rosy. Carlo, comprendendo l'intenzione del conte, fece da scudo col suo corpo, non reagì contro il conte ma disse a suo zio:

«Zio, vi rispetto e vi amo, lo sapete, ma come potete permettere che quest'uomo picchi la vostra unica figlia?»

«Carlo stai zitto, alla mia morte sarai tu ad ereditare le mie proprietà e non lei»

«Ma zio, non permetterei mai che la mia dorata cugina soffra, ti prego zio rinuncia a questa idea. Ma guarda quell'uomo! È questo quello che vuoi per tua figlia?»

«Come ti permetti!»

«Conte, ora basta il nostro contratto è sciolto»

«Bene, ma si ricordi che qui a Caserta nessun gentiluomo chiederà mai la mano di sua figlia, ha capito?»

«Ho compreso, le chiedo scusa per il tempo perso»

«Oh santo cielo Giulio, nostra figlia non si sposerà più!»

«No. Voi due, seguitemi»

«Zio ma io sono in compagnia»

«Chiedete congedo e seguitemi. È un ordine Carlo».

Carlo conosceva quello sguardo e questa volta era davvero irritato. Arrivati a casa entrarono nel suo studio.

«Rosy, era la tua ultima opportunità. Sei il mio disonore e nella buona società saremo scherniti e forse tutti eviteranno di invitarci. Carlo, chiederò a mio fratello di farti effettuare un anno di carriera militare per comprendere il significato del rispetto»

«No, papà è tutta colpa mia, ho chiesto io aiuto, lui non avrebbe voluto, ma lo sai che sono insistente ed ha ceduto. Ti prego punisci me»

«Bene, forse separarvi è la soluzione giusta. Tu non potrai mai più chiedere il suo aiuto e sarai obbligata ad ubbidire»

«Cosa intendete fare zio?»

«Oggi stesso invierò un messaggero da vostra zia Anna a Piedimonte e tu domani mattina figlia mia partirai, vivrai a Piedimonte finché non troverò un buon partito per il tuo futuro, lo conoscerai solo il giorno delle tue nozze»

«Padre questo è crudele, io non voglio sposarmi»

«Tu ubbidirai e nessuno ti aiuterà questa volta. Adesso lasciatemi che devo scrivere a vostra zia».

Rosy aveva gli occhi lucidi.

«Piccola, forza abbracciami».

Quelle semplici parole la fecero sciogliere come un ghiacciolo al sole, iniziò a piangere. Carlo cercò di tranquillizzarla, le promise che di tanto in tanto sarebbe andato a trovarla e che le avrebbe scritto ogni giorno. Rosy ne fu felice, ma si sentiva morta dentro.

Alle otto del mattino era sulla carrozza in direzione di Piedimonte, non avrebbe visto per molto tempo la sua reggia con i suoi meravigliosi giardini inglesi e le sue amiche, non era riuscita a salutarle. Delle lacrime iniziarono a scivolarle giù per il viso.

Il viaggio durò tutta la mattinata; arrivarono alle porte di Piedimonte verso le due del pomeriggio. Una volta sua zia le aveva raccontato un po' di storia di quel paese: ricordava che il paese si estende dalle coste del Muto del Cile, ammantate di folti ulivi, sino al piano dove in due nastri d'argento serpeggia il Torano. Con la sua posizione incantevole fra le fresche auree e il mormorio delle limpide acque sorgive ha ispirato molti poeti. Piedimonte era un piccolo centro, deserto, con pochissime abitazioni e tanti contadini. Amava andare ai balli e non comprendeva come mai sua zia si fosse trasferita in quel luogo. Una volta sua madre le aveva detto che si era sposata per amore rinunciando ad un buon partito, per sposare un baronetto di campagna. Arrivarono attraversando il centro del paese in direzione di via Madonna delle Grazie, chiamato così in onore della chiesetta costruita per la madonna. L'edificio e le due chiese sono state costruite il 14 maggio 1499 e ogni anno si festeggia per ricordare la nascita: per la prima volta in vita sua avrebbe visto la devozione del piccolo borgo nei confronti di quella piccola chiesetta. La carrozza si fermò di fronte ad un palazzetto, sull'uscio di ingresso c'era sua zia ad attenderla, finalmente un viso familiare.

«Rosy, sono felice di averti qui, vieni tuo zio ed i tuoi cugini sono entusiasti di conoscerti».

Non aveva mai incontrato i suoi familiari, suo zio si era sempre rifiutato di partecipare alla vita mondana e suoi cugini erano ancora piccoli per partecipare agli eventi. Sua zia partecipava di rado alla vita mondana, solo quando era costretta dal titolo. Lei preferiva la vita di paese, diceva di essere felice.

«Luigi, questa è Rosy»

«Signor Duca è un piacere conoscerla»

«Suvvia chiamami zio, evita le cerimonie qui non siamo a Caserta»

«Vi ringrazio zio»

«Sono curioso di conoscere la tua versione dei fatti, non solo quella di tuo padre».

Rosy spiegò il motivo del suo allontanamento da Caserta, di come ogni volta aveva distrutto dal punto di vista di suo padre la sua buona reputazione e dell'ultimo episodio avvenuto con l'aiuto di suo cugino Carlo. Suo padre era infuriato ed aveva deciso di inviarla lontano dalla città finché non avrebbe trovato un buon partito per farla sposare. Sarebbe ritornata a Caserta solo il giorno del suo matrimonio.

«Mio fratello non cambierà mai»

«Cosa vuoi dire cara zia?»

«Che ha cercato di far fare anche a lei un buon matrimonio. Tuo padre non era proprio favorevole alla nostra unione»

«Basta Luigi, il passato è passato ed io sono felice della mia scelta».

Rosy leggeva nei loro occhi una forte passione, non aveva mai visto quell'intesa nei suoi genitori. Loro sembravano freddi e distaccati, senza passione.

Si chiuse nella sua camera. Era triste, le mancava Carlo, ripensava alle passate premure, a come lui l'aveva sempre difesa e protetta, a come si era conquistato il suo affetto negli anni e alla sua capacitò di farla divertire anche nei giorni bui. Tutto ciò costituiva per lei un grande debito di gratitudine, un ricordo ancora più tenero e caro ora che erano stati allontanati. Era un triste cambiamento, non poteva non soffrirne e desiderare cose impossibili, conosceva benissimo la testardaggine di suo padre: non sarebbe tornata a Caserta finché non le avesse trovato un marito. Al solo ricordo del Conte Leo ebbe dei brividi di paura lungo tutto il suo corpo. I suoi pensieri furono interrotti da sua zia.

«Rosy, volevo che venissi in salotto abbiamo degli ospiti, ti volevo presentare i conti Barboni»

«Zia concedimi cinque minuti, mi rimetto in ordine e ti raggiungo»

«Contessina Alessia, Conte Maximilian, vi presento mia nipote Rosy».

Il conte fece un inchino e la contessina le sorrise. Rosy ricambiò l'inchino ed il sorriso gentile della ragazza. La contessina era di bella presenza, aristocratica, aveva un contegno garbato e maniere disinvolte, era spontanea e vestiva alla moda. Il conte era alto ed elegante, come i suoi lineamenti.

«Caserta è una bella città, ma i nobili sono vanitosi ed arroganti. Mi domando come mai una duchessa di città si sia trasferita in un paesino di contadini»

«Conte Max, ha deciso di trascorrere un po' di tempo con i suoi zii»

«Baronessa Anna, i nobili di città disprezzano noi nobili di paese, e lei lo sa per certo»

«Max non voleva offendere nessuno»

«Signor conte, lei giudica le persone solo dalle informazioni futili che riceve e poi io non ho nessun obbligo di comunicarle il motivo della visita ai miei zii. Forse è la sua arroganza che non le permette di vedere oltre il suo pregiudizio »

«Baronessa, forse ho conosciuto troppe ragazzine sciocche e conosciuta una, le conosci tutte»

«Conte, è la prima volta che incontro un uomo come lei, preferisco gli uomini di città. Se ora volete scusarmi sono stanca del viaggio. Contessina è stato un piacere conoscerla, sarei lieta di rivederla. Signor conte».

Fece il suo inchino e si congedò con garbo, lo sentii ridere mentre lei usciva. Rosy non aveva mai conosciuto un uomo dal comportamento tanto deplorevole, era orgoglioso, superbo. Aveva modi sgradevoli che lo ritenevano indegno del suo titolo e di avere una sorella come la contessina.

«Max, hai avuto un comportamento deplorevole»

«Baronessa, la descrizione che mi fece di sua nipote ha rispecchiato tutto il suo spirito ribelle. Non credo che suo fratello riuscirà a domarla»

«Chi le ha raccontato… certo Luigi»

«Non lo giudichi male, ma suo marito rispetta sua nipote anzi, lui pensa che vi somigliate tantissimo. Le auguro una buona serata»

«Buona serata baronessa e ci scusi con la baronessa Rosy per il comportamento indegno di mio fratello»

«Suvvia Alessia, non sono stato poi così indegno, mi sono solo divertito un po' e poi non è il tipo che resta in silenzio, anzi Luigi mi ha raccontato che ha chiamato il suo ultimo pretendente babà e insinuando che non fosse un uomo. Altro che indifesa! Non so chi sia stato più fortunato, se lui a non sposarla o lei nonostante l'arroganza del padre di lui. Mi manda in bestia pensare che un uomo picchi una donna. Mi scusi baronessa mi sono prolungato. Buona serata»

«Max, stai rientrando»

«Sì, Luigi, non conduco mia sorella a casa»

«Suvvia, restate a cena con noi»

«Scusami Luigi, ma credo che per questa sera abbiamo già disturbato troppo».

Max e sua sorella lasciarono Anna e Luigi con la promessa che la prossima domenica sarebbero stati loro ospiti. Anna rimproverò Luigi per aver raccontato a Max tutto di Rosy, permettendogli di stuzzicarla. Luigi ascoltava divertito, non prendeva seriamente il rimprovero della moglie, anzi le disse: «Anna, credo che Max e Rosy sarebbero una bella coppia. Una soluzione per tutti: tuo fratello sarebbe contento di avere in famiglia un cugino del re e tu avresti un membro della tua famiglia qui con noi»

«Hai bevuto del vino. Sembri mio fratello che contratta un matrimonio di convenienza per sua figlia. Luigi bisogna amarsi, non dimenticarlo mai»

«Anna, non offendermi, io non sarò mai come tuo fratello, arrogante e calcolatore».

Luigi uscii fuori dalla sala infuriato, ma a lei non interessava, si era comportato come suo fratello ed era giusto comunicarglielo.

La serata con i suoi zii passò nel complesso in modo piacevole, ma la sua serenità una volta sola nella sua camera fu invasa dal pensiero del conte Maximilian e dai suoi modi poco educati. Il suo sonno fu tormentato da suo padre, il conte Leo e soprattutto da quell'arrogante del conte Maximiliam. Si svegliò di prima mattina. Aprii le tende ed entrò un raggio di sole caldo. Il panorama non era poi così male: c'era un prato fiorito, il piccolo torrente le cui acque erano limpide. Aveva voglia di passeggiare, cosa le sarebbe mai capitato in un paesino di contadini! Si mise un vestitino da giorno, colore verde chiaro con una mussolina bianca e scarpe comode. Aveva raccolto i capelli in una crocchia alta lasciando qualche ricciolo ribelle sulla fronte, si guardò allo specchio e fu soddisfatta del suo aspetto.

Silenziosamente entrò in cucina e rubò delle mele rosse, le nascose nella sua borsetta ed uscii senza farsi sentire.

Si soffermò a guardare le acque limpide che provenivano dal lago del Matese, immaginava tutto il loro percorso tra le montagne, gli ostacoli, i tratti interrotti dalla pioggia o dalla caduta dei sassi, niente poteva interrompere il suo tragitto, un giorno avrebbe chiesto a sua zia di condurla tra le verdi valli del Matese, doveva essere bellissimo il riflesso delle montagne nell'acque misteriose del lago. Sua zia le aveva raccontato tante leggende sul lago e sulle misteriose creature che si rifugiano nelle sua acque cristalline per non essere viste dagli uomini.

Proseguì il suo percorso verso piazza Cavallerizza, c'erano in lontananza cavalli e cavalieri che discutevano amichevolmente, non si soffermò più del dovuto e proseguì nella direzione stabilita.

Il suo passaggio non passò inosservato ad uno dei cavalieri, aveva attirato il suo interesse.

Il suo passeggiare la condusse vicino al convento delle suore Benedettine, s'immaginava rinchiusa tra quelle alti mura. Le sembrava una prigione dove poter rifugiarsi e nascondersi dal mondo. Le sue riflessione furono interrotte da due uomini.

«Guarda qui, qualcuno si è perso. Vuoi compagnia piccola?»

«No, la ringrazio signore»

«Fabio, hai visto che vestito e che portamento!»

«Non mi dispiacerebbe proprio conoscerla meglio»

«Vi chiedo di lasciarmi procedere il mio percorso signore. Con permesso».

Il suo modo di fare fece sorridere uno dei due uomini, ma le non permisero di farla procedere. Avevano le mani unte e sporche, emanavano un odore sgradevole. Istintivamente Rosy prese il suo fazzoletto profumato e se lo condusse al naso per proteggersi da quell'odore disgustoso. Ma il comportamento fece infuriare uno dei due uomini.

«Crede che io sia un pezzente, non le piace la nostra compagnia. Beh la sua è di mio gradimento».

L'uomo si avvicinò con occhi gelidi, sentiva il suo alido puzzolente sul suo viso, istintivamente lo colpì con la sua borsetta sul viso. L'altro uomo iniziò a ridere mentre lui perdeva l'equilibrio e cadde a terra. Durante quei minuti di confusione, corse nella direzione da cui era provenuta sperando che quei cavalieri fossero dei gentiluomini a cui chiedere aiuto. Sentiva l'uomo alle sue spalle urlarle parole sconvenienti per l'udito di una signora. Un rumore giunse alle sue orecchie, intravide un cavallo e un cavaliere che galoppavano verso di lei. Pensava di essere in trappola,

aveva paura e sapeva che per lei quell'avventura sarebbe finita male. Cercò di prendere fiato e di tranquillizzare il suo cuore.

Si accostò alla parete del muro e chiuse gli occhi in segno di protezione. Sentì sollevarsi come un sacco di farina da due mani forti che la depositarono sul cavallo. Aprii gli occhi e vide il cavaliere, era il conte Maximilian. L'uomo che aveva colpito con le mele, alla vista del cavaliere si dileguò nell'ombra. Arrivato a piazza Cavallerizza scese dal cavallo e fece scendere Rosy.

«Crede di passeggiare nella sua reggia? Qui non vive tra i nobili. Se fossi arrivato solo cinque minuti più tardi, solo Dio può sapere cosa le avrebbero fatto quegli uomini. Ragazzina non comprendi in che genere di guai ti saresti ritrovata e i tuoi zii, che sono responsabili di te, in che guai li avresti messi con i tuoi genitori!»

«Signore, non ero in pericolo. Sono stata in grado di salvarmi da sola»

«Da sola, con gli occhi chiusi contro una parete?»

«Mi sono difesa da sola, mi sono accostata per farla passare. Se vuole scusarmi»

«Da sola. Piccola incosciente, meriteresti una sculacciata. Se fossi mia sorella ti darei una buona lezione»

«Ma io non sono sua sorella e mi dispiace per lei che abbia un fratello così, signore».

Gli occhi del conte divennero piccoli e pieni di rabbia, le mascelle erano serate come un macino. Per un istante le fece più paura dell'uomo che aveva cercato di toccarle il viso.

«Le chiedo permesso, devo ritornare a casa»

«Prego, dopo di lei»

«Non ho bisogno della sua compagnia, sono in grado di recarmi a casa da sola»

«Ne sono certo, ma è compito di un gentiluomo scortare una fanciulla, soprattutto se lei è la nipote di un suo caro amico».

Rosy comprese che non l'avrebbe distolto dal suo intento e sinceramente, dopo quell' episodio, fu felice che lui la conducesse a casa. Arrivati a casa il conto decise di parlare con i suoi zii.

«Buon giorno Max»

«Buon giorno Luigi, puoi chiamare tua moglie ho bisogno di parlarvi»

«Max, tutto bene?»

«Sì, tranquilla e comunica a tua nipote di essere presente».

Rosy si era dileguata una volta arrivati a casa, sperava che il conte non avrebbe fatto la spia.

«Max, siamo tutti presenti, ora puoi parlare»

«Luigi, questa mattina ero in piazza a vedere dei cavalli, mentre discutevo per il prezzo di un puledro, la mia attenzione è stata attirata da una giovane che si aggirava senza scorta per le strade, il suo modo di fare mi era familiare ed in un primo momento non ho capito chi fosse. Poi ho compreso e sono montato a cavallo giusto in tempo per trarla in salvo mentre era inseguita da un uomo col labbro sporco di sangue. Alla mia vista l'uomo si è dileguato ed io ho accompagnato la fanciulla a casa»

«Non comprendo, come il fatto possa interessarci. A meno che...»

Tutti si svoltarono a guardare Rosy che non aveva fiatato durante il racconto. Stanca dei loro sguardi sbuffò.

«Va bene, ero io, ma non ero in pericolo»

«Non eravate in pericolo? Se non fossi arrivato in tempo Dio solo sa cosa le sarebbe successo! Lei è una ragazzina sciocca e viziata, che non riflette sulle proprie azioni, qui non siamo alla reggia di Caserta, dove in ogni angola c'è un gentiluomo che accorrerebbe in aiuto di una giovane donna. Qui ci sono i briganti»

«Come le ho comunicato durante la nostra discussione precedente, so difendermi da sola e non ho bisogno del vostro aiuto»

«Piccola snob, presuntuosa e orgogliosa, tu non conosci proprio nulla della vita. Se voi foste mia sorella vi darei una lezione che non dimentichereste mai»

«Ma io non sono vostra sorella e mi dispiace per lei che abbia un fratello con tali pregiudizi».

Sua zia intervenne nella discussione, mentre suo marito come al suo solito si stava divertendo.

«Ora basta. Rosy il conte ha ragione è pericoloso, qui non sei nella reggia. Conte lei non usi quei modi con mia nipote, sono certa che lei abbia compreso»

«Mi scusi baronessa, non volevo offenderla, ma sua nipote è così testarda che mi fa perdere il giudizio»

«Testarda, ma se non fa altro che provocarmi. Lei è un gran maleducato e arrogante. Con permesso, non resterò qui un attimo in più per essere offesa da lei. Buona giornata signor conte».

Rosy uscii infuriata dalla stanza, non riusciva a comprendere quell'uomo ed i suoi modi arroganti da campagnolo vissuto. Chi si credeva di essere, chiamarla testarda, piccola snob viziata. Lei viziata, non la conosceva e già la definiva la classica ragazzina di città con tanti vizi. Max non comprendeva perché ogni volta che vedeva quella ragazza perdesse le staffe, lo rendeva nervoso e tirava fuori il lato peggiore di lui. Quella mattina quando l'aveva riconosciuta, gli si era gelato il sangue per paura che le succedesse qualcosa. Nel vederla vicino al muro con gli occhi chiusi dalla paura e quell'uomo che la inseguiva, si era sentito morire dentro e l'aveva raccolta sul cavallo solo per proteggerla, aveva sentito il suo viso caldo e soffice sul suo collo. Quella sensazione lo aveva messo in allarme e si era infuriato con lei. Ma in realtà era arrabbiato con se stesso perché dal primo momento che l'aveva vista qualcosa in lui lo metteva in guardia da lei e da quegli occhi da gattina selvatica.

Luigi lo ricondusse alla realtà.

«Max, Max...»

«Sì, cosa»

«Stai bene, non ti ho mai visto cosi sconvolto. Mi sa che hai preso un bel pugno nello stomaco»

«Luigi, non ho preso nessun pugno nello stomaco, il tizio si era dileguato, non hai compreso bene»

Luigi iniziò a ridere rendendo nervoso Max.

«Mi deridi»

«No, Max, ma hai un'espressione!»

«Forse è meglio che vada. Ci vediamo questa sera a cena, mia sorella vuole rivedere tua nipote»

«A questa sera Max»

«A questa sera. Porgi i miei saluti a tua moglie»

Una volta chiusa la porte Luigi iniziò a ridere. Sua moglie lo trovò che rideva da solo.

«Hai perso il lume della ragione, ridi da solo»

«Amore, la mia ragione funziona benissimo è Max che sta perdendo la sua libertà e non se rende conto»

«Libertà? Non comprendo»

«Tua nipote gli sta entrando nel cuore e lui cerca di difendersi con gli artigli, ma non funziona. Si dovrà piegare al destino e perdere la sua amata libertà»

«Luigi, tu hai qualcosa che non va, l'ha vista solo due volte»

«Anna cara, dal primo momento che ti ho visto ho compreso che tu saresti stata la mia donna»

«Ma forse a lei non interessa»

«Amore mio, dovresti comprendere meglio di me che il loro litigare non è normale, credo che entrambi si piacciano e cerchino di difendersi dai propri sentimenti. Max era agitatissimo per lei, neanche quando sua sorella è stata aggredita era così sconvolto e Rosy reagisce in modo brusco con lui perché non le permette di avvicinarsi. Comunque possiamo fare una scommessa. Se io perdo la scommessa ti preparerò il bagno per un mese ogni sera e ti massaggerò, se la perdo io tu farai lo stesso. Stringiamoci la mano»

«Per un mese»

«Sì amore mio, per un mese»

«Affare fatto».

Luigi prese sua moglie tra le braccia e la baciò con passione. Anna lasciò il marito per recarsi da Rosy. Bussò dolcemente.

«Rosy, posso entrare?»

«Sì zia vieni pure»

«Amore stai bene, possiamo fare due chiacchiere»

«Se vuoi parlare del conte non c'è nulla da dire»

«Piccola mia, ti chiedo solo di ascoltare e deciderai tu come comportarti nei confronti del conte»

«Va bene zia ti ascolto, ma non credo che cambierò idea su di lui».

Anna già si pregustava il mese di bagno caldo e massaggi.

«Rosy, devi sapere che circa un mese fa Alessia era andata a passeggio con la sua dama di compagnia e sono state aggredite dai briganti. Negli ultimi anni sui monti de Matese si sono stabiliti i briganti che sono in continua lotta contro i nobili. Tra di loro c'è una certa Maria Maddalena De Lellis, è nata l'8 agosto 1835, è una contadina, analfabeta, con un marito in galera per connivenza col brigantaggio ed un figlio piccolo. Nella primavera del 1864 divenne l'amante di Andrea Santaniello. Ex soldato dell'esercito borbonico, dopo essere stato il braccio destro di Cosimo Giordano, capo di tutti i capi brigante del Matese. Ha formato una propria banda che aveva inquadrato secondo regole militari. Nel giro di pochi mesi la storia divenne nota, e quando i soldati andarono per arrestarla, Maddalena si dette alla macchia[2].

Vedi amore lei non è più l'amante di nessuno, partecipava agli incendi delle case coloniche, alle rapine, ai sequestri ed ha anche il suo fucile personale, svolgendo un ruolo di vero brigante che nessun uomo le contesta mai. Nessuno donna è al sicuro in questo periodo, ci sequestrano per chiedere soldi per le loro battaglie. Ora comprendi la reazione di Max, lui ci considera parte della sua famiglia, non è una cattiva persona. I suoi genitori sono morti quando lui aveva la tua età, ha dovuto governare il patrimonio e prendersi cura di sua sorella. Certo Luigi l'ha aiutato negli affari, ma è dovuto crescere in fretta chiudendo le paure dentro di sé. Non ha mostrato più i suoi veri sentimenti, solo Luigi conosce la sua vera natura. Ha paura che se mostrasse il suo vero io tutta la fortezza costruita intorno a sé svanirebbe e lui si sentirebbe indifeso e forse anche perso. Ti chiedo solo di non essere troppo aggressiva e di far finta di non udire le sue battutine».

Rosy restò in silenzio per alcuni minuti per riflettere sulle parole della zia. Anche lei nascondeva i suoi veri sentimenti a tutti, solo Carlo conosceva la vera Rosy, lei e il conte erano quasi simili per certi versi.

«Zia, ti prometto che sarò più gentile con lui e tollererò meglio le sue brusche maniere»

---

[2] Almanacco di Piedimonte e Casali di Mario Martini.

«Ne sono lieta. Alessia ci ha invitati a cena questa sera, lei non vede l'ora di rivederti e conoscere la vita mondana della reggia».

Rosy indossò per l'occasione un abito in tela di lino ocra, con stampi a piccoli motivi rosa su tutto il vestito, il corpetto era chiuso sul dietro da nove gancetti e irrigidito da tre corte stecche sul davanti, col giro vita alto, il tutto completato da una mantellina di colore rosa. Concluse il tutto con una cocchia alta, con dei riccioli sulla fronte.

Si guardò allo specchio, aveva un aspetto fresco e giovanile, non troppo semplice ma neanche elegante, per una serata tra amici era l'ideale. Sua zia indossava un abito di colore verde con un corpetto basso ed una gonna lunga con merletto, guanti e mantellina bianca, era molto signorile.

Suo zio aveva un abito blu notte con una lunga giubba a due falde aperta ~~sul~~ dietro. Anche i loro ospiti indossavano abiti con tagli semplici ed un tessuto di panno robusto, ma nel suo insieme avevano un aspetto austero e rigoroso. Fermi vicino al camino, i loro sguardi si incrociarono per un istante. La contessina aveva una gonna ampia e ricca, il corpetto con fantasie floreali, era bellissima, aveva i capelli raccolti in una treccia con dei piccoli fiori intrecciati tra di essi. Per un istante Rosy pensò che fosse una delle ~~sue~~ principesse che la sua tata le leggeva da bambina. Nell'insieme era un sogno.

La serata fu piacevole, nessuno ritornò sugli argomenti del mattino. Gli uomini si ritirarono in uno studio privato dove potevano fumare e parlare di politica.

«Max, non è servito a nulla che il nostro comune il tredici febbraio scorso abbia concesso al Colonnello Comandante del 4° Battaglione del 46° Fanteria di Linea, la pizzicatura delle strade interne per favorire il passaggio dei cavalli. Un mese dopo avevano rapito il Notaio Nicola Coppola, e solo la settimana scorsa è stato lasciato libero dopo due mesi di prigionia, i suoi familiari hanno dovuto pagare la somma di 14.400 ducati. Hai letto la sua dichiarazione? Ascolta cosa dice: "I briganti, sotto il nome di Francesco Secondo, che credono e hanno la speranza di rivedere sul Trono, commettono assassini di ogni genere e dicono che, siccome i galantuomini e i garibaldini hanno fatto la rivoluzione per sopprimere il ceto basso, così essi debbono fare di tutto per distruggere i galantuomini, sperando nel ritorno di Francesco Borbone e con questa speranza di riuscirvi, si lusingano di formare sempre nuove bande. Ammettono di temere solo i Carabinieri Reali perché delle altre forze uno di loro vale quanto dieci soldati di truppa"[3]. Max, devi stare attento, ti considerano un traditore della Corona che ha voltato le spalle al re»

«Ne sono consapevole Luigi. Ho timore per Alessia, non mi fido neanche del popolo, durante i periodi di nevicate danno alloggio e cibo ai briganti. Sia il mio che il tuo palazzo può essere attaccato dalle montagne. Mi auguro che l'unica cosa che li trattenga è proprio il fatto che Francesco sia mio cugino»

«Questo periodo non è facile per noi nobili»

---

[3] Dal libro *Almanacco di Piedimonte e Casali* di Mario Martini.

«Tuo cognato non legge le notizie sui briganti per aver deciso di inviarti tua nipote, hai già il pensiero per i tuoi figli»

«Tu pensi che i suoi aggressori potessero essere gli stessi che hanno rapito il Notaio?»

«Credo di sì, gli occorrono soldi e armi per la loro battaglia. Ho denunciato l'accaduto al Comandante del 46°, mi ha dato la sua parola che in paese e sui monti ci saranno più soldati, ma sai benissimo che loro sono furbi e sono protetti da alcuni paesani»

«Non bisogna far comprendere la gravità della situazione alle nostre donne, ma nello stesso tempo proteggerle»

«Non sarà facile per te con quella piccola peste che hai in casa»

«Già, ma ti piace non è vero?»

«Cosa ti viene in mente, è una ragazzina viziata! Ho solo voglia di metterla sulle gambe e darle una buona sculacciata»

«Ti somiglia un po'»

«Niente affatto. Luigi per quanto tempo resterà da voi?»

«Finché suo padre non le troverà un buon partito per sistemarla e le ha promesso che se questa volta non si comporterà a modo, lui la chiuderà in un convento. Quell'uomo pensa solo al buon nome della famiglia, non si chiede se sua figlia è felice. Se non l'avesse aiutata Carlo, il conte Leo l'avrebbe picchiata di fronte a tutti. Ho il vomito per tutta la società di Caserta, amano solo la vita mondana, ma Rosy è diversa, ha sempre lottato contro suo padre. Con l'aiuto di suo cugino hanno aiutato una famiglia a scappare via da Caserta solo perché erano favorevoli a Francesco Secondo e la loro piccola ingenuamente lo aveva comunicato al suo padrone. Immagina il povero servo con i suoi che fine avrebbero fatto. Hanno raccolto 5.00 ducati, Carlo li ha nascosti sulla sua carrozza e condotti qui»

«Non mi dire che sono gli stessi che ti ho aiutato a sistemare come fattori a San Potito?»

«Sì sono loro, ma non dire una parola di questo neanche con lei. Solo io, tu e Carlo siamo a conoscenza di dove vivano»

«Mi piacerebbe conoscere tuo nipote»

«Rosy non lo sa, ma per giugno lui sarà nostro ospite»

«Lei e tuo nipote sono molto legati»

«Sì, hanno vissuto sotto lo stesso tetto, il padre di Rosy è il fratello maggiore ed ha ereditato tutto il patrimonio, mentre il padre di Carlo percepisce una buona somma annuale. Non avendo avuto figli maschi, ha preso il nipote in casa e l'ha istruito come suo erede».

Max non fece altre domande e continuarono a parlare di cavalli e raccolto.

LA SUA NUOVA VITA A PIEDIMONTE.

«Rosy, raccontami della vita in città»

«Contessina, la nostra vita in città è completamente diversa dalla vostra. Cosa vuole sapere?»

«Prima di tutto chiamami Alessia e non contessina è troppo formale, noi diventeremo delle vere amiche. Voglio conoscere tutto»

«Va bene Alessia, ti racconterò ogni cosa. Come in ogni città, i nobili frequentano numerosi luoghi di ritrovo e di incontro, come associazioni, club, caffè, circoli. Le donne preferiscono soprattutto i gabinetti di lettura e i salottini di conversazione. Nella reggia si organizzano festeggiamenti e cerimonie, con balli, balletti, cene, concerti, ma anche tante rappresentazioni teatrali. Ma ciò che amo di più è il parco e il grande giardino inglese. Il Parco della Reggia è un continuo susseguirsi di vedute, giochi d'acqua, cascate e cascatelle, alcune all'ombra di una fitta di alberi, altre che si aprono all'aria ed al sole offrendo scenografiche vedute, altre ancora che mostrano, pur sembrando di volerle nascondere, grotte ed anfratti, in un gioco sempre nuovo di delizie, in cui vengono esaltate la natura e i miti legati alle acque ed ai boschi. Ma il giardino inglese è qualcosa di magico con i suoi fiumi, cascate, laghetti su cui si specchiano i tempietti, ma soprattutto la bella venere inginocchiata, resto ore intere ad ammirarla nella sua bellezza, ed i suoi viali e vialetti con i suoi maestosi platani, cedri del libano, pini, cipressi magnolie sono bellissime in questo periodo dell'anno, con tante piante grasse ed i suoi laghetti con le ninfe e le piante acquatiche, mi conducono con la fantasia alla mitologia greca. Amo passeggiare nel parco, non mi interessa la vita mondana con i balli. Amo solo la lettura e passeggiare nel parco. Non credo di averti soddisfatto con il mio racconto»

«Rosy, deve essere bellissima la tua reggia, mi piacerebbe un giorno visitarla»

«Spero che un giorno la visiteremo insieme, come due buone amiche»

«Rosy, bisogna chiamare tuo zio è tardi, i nostri ospiti sono stanchi e anche noi dovremo andare»

«Rosy è stato bello averti qui. Domani vieni a prendere un the, Lena fa una torta alle mele buonissima. Ti prego accetta, invierò la mia carrozza alla cinque»

«Se i miei zii sono favorevoli accetto volentieri»

«Rosy, puoi venire quando vuoi»

«Grazie Anna»

«Mio caro è ora di andare a casa»

«Hai ragione, è tardi. Adesso ci congediamo e ringraziamo per la bella serata».

Tutti furono felici della serata, anche Max e Rosy si salutarono da amici. Lui le baciò con dolcezza la mano e Rosy al contatto delle sue labbra sulla pelle nuda ebbe un brivido per tutto il corpo. Il suo sguardo incrociò quello di lui e gli sorrise con gentilezza.

Durante la notte sognò il suo aggressore che la picchiava e cercava di violentarla. Ma un cavaliere misterioso accorse in suo aiuto, frustò il malvivente che scappò via come un fulmine. In un primo momento l'uomo non aveva un volto, ma pian piano i suoi lineamenti presero vita e i suoi bellissimi occhi azzurri rivelarono il volto del suo salvatore, era Max. Lui la prese dolcemente tra le braccia e la strinse forte, lasciandola senza fiato. Le prese il suo viso tra le mani e la baciò con ardore, lei ricambiò il suo bacio con passione. Si svegliò di colpo dal sonno, il cuore le batteva forte, era sudata non riusciva quasi a respirare, istintivamente si condusse le mani alle labbra, le sentiva ancora ardere come il fuoco.

Fu strana per tutta la mattinata. Era strano non sentirla parlare e vederla pensierosa, sua zia non chiese spiegazioni, credeva che gli eventi del giorno precedente l'avessero agitata e lasciò che si tranquillizzasse da sola.

Il pomeriggio arrivò: era agitatissima, voleva indossare un vestitino carino che risaltasse la sua bellezza. Scelse un vestitino azzurro, con vita alta e stretta dal busto, la gonna era larga si accorciava fino alla caviglia tanto da far vedere le sue scarpine azzurre con fiocchetti. Le maniche leggermente gonfie dalla spalla al gomito. Raccolse i capelli in una crocchia bassa con riccioli ribelli sul viso. Come tocco finale, un buon profumo di rosa. Sua zia la guardò notando il suo cambiamento e la scelta per mettere in risalto la sua carnagione, suo marito la guardò e le sorrise, iniziava a preoccuparsi di doverlo massaggiare per un mese intero.

Arrivato al palazzo, la cameriera la condusse nella sala di lettura, Alessia era da sola circondata da tantissimi libri. Volumi di autori come Vittorio Alfieri, Ugo Foscolo, Dante Alighieri, Boccaccio, Giacomo Leopardi. Tantissimi libri che suo padre non le avrebbe mai dato il permesso di leggere. La sua attenzione fu diretta all'articolo sulla maniere e utilità delle traduzioni di Madame de Staël, nel quale invitava gli italiani a tradurre e conoscere la letteratura straniera come mezzo per rinnovare la propria cultura. Alessia sorrideva soddisfatta di aver catturato finalmente la sua amica nel suo piccolo mondo che condivideva con suo fratello.

«Sono lieta che i nostri libri siano di tuo gradimento. Ci sono alcuni libri tradotti dall'inglese all'italiano ad esempio i libri di Jane Austen, se ti piacciono i romanzi ti consiglio Orgoglio e Pregiudizio, ma devi promettermi di non farlo vedere a nessuno, gli italiani non sono ancora preparati alla cultura straniera mentre io e mio fratello pensiamo che ogni cultura può insegnarci ad essere migliori»

«Alessia mi renderesti la donna più fortunata al mondo se mi donassi in prestito un tuo libro tradotto»

«Allora cosa aspetti ad iniziare la lettura? Ero sicura che saresti stata interessata a questi libri. Prendilo è proprio qui».

Le ragazze presero il the ed iniziarono la lettura. Alessia leggeva Emma, mentre Rosy iniziava per la prima volta un libro straniero: era entusiasta, le ore trascorsero senza rendersene conto, finché suo fratello non si presento nella sala di lettura chiamandola per la cena.

«Alessia, sono le sette e la nostra ospite deve recarsi a casa per la cena, ogni volta che entri in questa sala dimentichi il tempo»

«Max, credo di aver trovato buona compagnia questa volta, anche Rosy ha perso la cognizione del tempo. Allora, cosa ne pensi del signor Darcy e del pregiudizio di Elizabeth Bennet nei confronti di quest'ultimo? La trama si concentra sulle vicende della famiglia Bennet, composta dai signori Bennet e dalle loro cinque figlie: Jane, Lizzy, Mary, Kitty e Lydia, è bellissimo ti prende ogni rigo»

«Alessia, non ho mai letto una cosa del genere. Se lo sapesse mio padre! Ma non lo saprà mai, è bellissimo non vedo l'ora di leggerlo, sono arrivata al ballo del signor Bingley a Netherfield»

«Scusate se interrompo i vostri commenti ma è tardi e le strade sono pericolose di notte, mi dispiace ma credo che sia ora che la baronessa rientri a casa»

«Alessia, credo che il conte abbia ragione, devo rientrare a casa, grazie per la tua compagnia, domani potresti venire tu a casa nostra, continueremo i nostri commenti su questo bellissimo libro»

«Va bene Rosy, ma smettila di chiamare Max "signor conte", è troppo formale e non è poi cosi vecchio per non essere chiamato Max»

«Alessia ma io non posso prendermi una tale libertà»

«Oh per favore finiamola qui, tu mi chiamerai Max e io ti chiamerò Rosy. Ora andiamo che ti conduco a casa. Alessia comunica alla cuoca di tardare un attimo per la cena, il tempo di accompagnare Rosy a casa»

«Ma non vi scomodate, sono tranquilla il cocchiere mi condurrà a casa sana e salva»

«Ti prego non discutiamo, permettimi di accompagnarti a casa mi sentirò più sicuro»

«Va bene, andiamo a casa».

Rosy si sentì imbarazzata nei dieci minuti di tragitto in carrozza con lui. Sentiva i suoi occhi su di lei, non riusciva a guardarlo, il cuore le batteva forte, aveva paura che lui lo sentisse. Finalmente arrivarono a casa: lui l'aiutò a scendere, le prese la mano e per un istante i loro occhi si incrociarono, si sentì avvampare e le ritornò in mente il sogno della notte precedente, per fortuna che era buio e lui non si rese conto del suo turbamento. Il suo imbarazzo fu interrotto dall'arrivo di suo zio. Salutò il conte e corse in casa. Max comunicò l'invito di Rosy a sua sorella Alessia e che il giorno successivo l'avrebbe accompagnata da loro verso le quattro del pomeriggio. Salutò il suo amico e riprese il percorso. In carrozza ripenso al colorito rosso sulle guancie di Rosy, le fece tenerezza e sorrise, qualcosa in lui si stava addolcendo, un po' lo spaventava, ma per il momento non ci pensò.

Sua zia le chiese come avesse trascorso il pomeriggio: le raccontò della sala di lettura dei libri e che avevano parlato dell'autrice internazionald, anche sua zia era a conoscenza dei libri tradotti in italiano per Alessia. Ne fu felice perché non era costretta a mentirle, cosa che odiava, ma suo padre non avrebbe mai accettato il suo pensiero era troppo orgoglioso per accettare che una donna avesse dei propri pensieri, figurarsi accettare che una donna potesse scrivere dei libri bellissimi come l'Austen. Ma per fortuna aveva degli zii e degli amici che non erano diversi da lei, la punizione di suo padre si stava rivelando un piacere e non un dispiacere. Certo, le mancavano le sue passeggiate e suo cugino Carlo, ma il soggiorno stava proprio diventando piacevole e poi iniziava anche ad apprezzare Max, era proprio un bel ragazzo, doveva ammetterlo; aveva venticinque anni, era alto, magro con capelli neri come la notte ed i suoi occhi azzurri racchiusi tra quelle ciglia nere, sembravano due gioielli preziosi che brillano alla luce del sole. Non si era mai sentita così diversa in vita sua, quasi non si riconosceva, non le era mai interessato nessun uomo in vita sua ed ora era lì a pensare a lui.

Il mattino seguente sua zia le chiese di aiutarla nei preparativi del tappeto di fiori per la festa della Madonna delle Grazie, le donne del paese sarebbe giunte il giorno seguente nel primo pomeriggio per preparare il tappeto di fiori con un'immagine sacra. Ogni pomeriggio alle cinque c'era il santo Rosario: per il mese di maggio si sarebbe concluso l'ultimo giorno del mese, cioè domani. Nel pomeriggio Alessia arrivò e tra un petalo di fiore e l'altro si scambiarono i commenti sul libro che stava leggendo. Mentre continuarono i loro commenti sua zia disse: «Nel sentirvi parlare di questo libro ho la sensazione di viverlo in prima persona ed i due personaggi principali Lizzy e Darcy, mi sembrano Rosy e Max»

«Vero Anna, anch'io ci pensavo ieri sera, ma non avuto il coraggio di dirlo»

«Non è affatto vero, io non sono innamorata di tuo fratello, a lui io non piaccio neanche e lui non piace a me l'argomento è chiuso, ora vado a prendere gli altri fiori»

«Cara Alessia, credo che mi toccherà preparare il bagno e fare i massaggi a mio marito per un mese intero: sarà lungo ed interminabile»

«Per quale motivo Anna?»

«Abbiamo scommesso su tua fratello e Rosy. Lui diceva che quei due si piacciono, io di no ed abbiamo fatto una sommessa che a quanto pare io perderò»

«Luigi vede più al di là di una persona normale. Sa osservare le persone, ti ricordi con il Barone Giorgio?»

«Chi lo può dimenticare un uomo spregevole come quello. Ho i brividi al solo pensiero che tu avresti potuto sposarlo! Per fortuna Max lo ascolta sempre. Sai Alessia, non mi dispiacerebbe perdere la scommessa, avrei una nipote vicina e tu e tuo fratello entrereste a far parte della mia famiglia»

«Mi piace Rosy e credo che lei e Max sarebbero una bella coppia. Zitta che sta arrivando»

«Hai trovato i fiori?»

«No, sono finiti. Ma ho preso della torta e del succo di frutta»

«Ottima idea! Un po' di pausa non ci farà del male, tra poco arriveranno altri fiori, Luigi e Max sono andati dai contadini a raccoglierli».

Anna e Alessia si scambiarono uno sguardo che non sfuggì a Rosy, la quale alzò gli occhi al cielo. Mentre lei effettuava quel gesto comparve alle sue spalle Max con suo zio. Nel vedere Max, Anna e Alessia si scambiarono un nuovo sguardo e sorrisero facendo arrabbiare Rosy che disse: «Ora basta come ve lo devo dire che non mi piace ed io non piaccio a lui!»

Una voce alle sue spalle la fece divenire rossa come un peperone. Era suo zio che le chiedeva: «Chi non ti piace e a chi non piaci tu?»

Rosy non aveva il coraggio di rispondere e soprattutto voltarsi. Anna e Alessia iniziarono a ridere e suo zio disse: «Che bello, per un mese avrò un massaggio ed un bagno caldo»

Max non capiva i loro commenti, gli sembravano tutti strani. Rosy cercò di essere rilassata ed iniziò a prendere i fiori da suo zio senza mai voltarsi a guardare Max.

Max si era seduto al suo fianco, rendendola nervosa, soprattutto avendo gli sguardi dei suoi zii e di Alessia puntati. Fu una tortura quell'ora, gomito a gomito con lui, con i sorrisini divertiti.

La cena non fu diversa dal pomeriggio: i suoi zii continuavano a scambiarsi sorrisi. Finalmente era in camera sua e poteva rilassarsi, non si era mai sentita così in imbarazzo come quel giorno. Cercò di non pensare a niente, prese il suo libro e si immerse nel mondo di Lizzy. Dormì tranquillamente senza fare sogni strani.

La festa fu bellissima, guardava le contadine che disegnavano l'immagine della madonna con i fiori. La piccola cappella era profumatissima. Le sembrava che quell'immagine prendesse vita. Quelle donne non erano diverse da lei e lei non erano diversa da loro. Per la prima volta in vita sua si sentiva a casa.

Dopo la cerimonia e la processione, prese i suoi colori ed iniziò a ricopiare il tappeto, ogni volta che si concentrava sul disegno intorno a lei tutto scompariva, era in un angolo nella piccola cappella a copiare ogni minimo particolare di quel tappeto. Un'altra persona la osservava in silenzio senza attirare la sua attenzione: era Max che aveva deciso di restare nell'ombra per proteggerla senza che lei si accorgesse della sua presenza.

Ma il suo sguardo su di lei le provoco un brivido per il corpo, alzò gli occhi dal suo foglio e lo vide, era bellissimo vestito di bianco, metteva in risalto la sua carnagione scura.

«Scusami, non volevo interrompere, eri cosi concentrata sul disegno»

«Ho quasi terminato, questo tappeto di fiori è bellissimo. Sembra vivo non credi? È la prima volta che partecipo ad una festa del genere, quelle a Caserta sono tutte uguali e noiose, non fanno altro che mettersi in mostra. Ma questa festa è viva, è diversa, non so spiegarmi. Emanava un'energia positiva che ti fa star bene dentro. Scusami ti sto annoiando con le mie chiacchiere»

«No, anzi mi hai stupito con le tue parole e ti devo chiedere scusa, ti ho chiamato ragazzina viziata, ma non lo sei. Hai partecipato con le donne del paese come se fossi una di loro e non tutte le donne della nostra classe sociale lo farebbero»

«Lo so benissimo. Puoi darmi un parere sul mio disegno?»

«Rosy, è bellissimo! Hai saputo catturare l'anima del tappeto»

«Grazie, sei gentile ma non credo che sia speciale»

«Ormai dovresti conoscermi per sapere che non dico mai una cosa che non penso»

«Max, grazie. Volevo chiedere a mia zia la storia di questa cappella. Tu la conosci?»

«Sì la conosco benissimo. Se ti fa piacere, posso raccontartela io»

«Sì, grazie»

«L'edificio è stato costruito nel 1499, fu offerto ai frati Minimi di S. Francesco di Paola. L'Università avrebbe pagato 400 ducati annui, purché i frati si fossero dedicati all'istruzione del popolo, ma i Minimi erano eremiti e rifiutarono la concessione. Nel 1777 i Conti Gaetani ne tornarono in possesso e divenne una loro dimora»[4].

«Ascolta, domani mattina sul tardi io ed Alessia andiamo in centro a fare una passeggiata. Ti piacerebbe accompagnarci?»

«Chiederò il permesso ai miei zii, ma credo che saranno favorevoli».

Rientrarono in silenzio, per non interrompere quel momento magico.

Il mattino seguente alle undici Max e sua sorella arrivarono in carrozza per condurla in piazza Roma per ascoltare un piccolo concerto musicale e passeggiare. Sul piccolo parco

---

[4] Dal libro *Piedimonte Matese* di Dante B. Marrocco

suonava l'orchestra, la musica era dolce e la melodia ti cullava. La piccola fontana al centro, di fronte l'orchestra, con i suoi piccoli zampilli d'acqua sembrava danzare sulle note musicali.

Rosy si sentiva trasportata dalle note, ma soprattutto dalla presenza di Max, quando le era vicino o quando lei lo sorprendeva a fissarla, le sembrava di non respirare, provava sensazioni a lei sconosciute che si manifestavano con una tale intensità da farle paura.

Fu una passeggiata bellissima finché un uomo non pronunciò il nome di Rosy.

«Rosy, tesoro sono arrivato!»

Rosy nel vedere suo cugino Carlo, fu felice e non pensò più alla sua classe sociale, né alle buone maniere. Corse verso di lui e lo abbracciò forte baciandolo sul viso. Il suo atteggiamento sbalordì Alessia e irritò Max. Istintivamente lui la staccò da Carlo con la forza.

«Ragazzina non sei a Caserta dove puoi fare quello che vuoi, qui il paese parla e non permetto a nessuno di rendermi ridicolo»

«Ridicolo? Tu non sai di cosa parli»

«Max ti prego non essere maleducato, ci guardano tutti»

«Alessia, già ci guardavano per il comportamento di Rosy. Hai visto cosa ha fatto?»

«Sono certa che c'è una spiegazione»

«Non c'è nessuna spiegazione, è una ragazza...»

«È una ragazza facile? Ma come ti permetti! Carlo cosa hai da ridere tanto?»

«È tuo cugino?»

«Sì stupido idiota»

«Rosy non essere maleducata»

«La finisci di ridere Carlo!»

«Scusami piccola, ma ho la sensazione che tu abbia trovato la tua metà. L'uomo adatto a te».

Rosy divenne rossa in viso, Max non disse più una parola e Alessia sorrise a Carlo. Ci fu un istante pieno di imbarazzo per tutti, anche per Carlo che fino a quel momento non aveva notato la ragazza vicino a sua cugina: era un incanto. Quel silenzio era peggio di mille offese ed Alessia conosceva bene il carattere di suo fratello, era troppo orgoglioso per scusarsi, per la prima volta in vita sua prese l'iniziativa.

«Barone, se non ha alcun impegno le chiederei di pranzare con noi insieme a Rosy. Credo che voi due avrete tante confidenze da farvi. Amo troppo la compagnia di vostra cugina e sono certa che sarà un piacere ascoltare le ultime novità della reggia»

«Contessina, sarei onorato di pranzare con voi»

«Presumo che abbiate un cavallo»

«Sì, contessina»

«Vi dispiacerebbe seguirci, la nostra carrozza è parcheggiata vicino al torrente».

Silenziosamente tutti s'incamminarono verso la carrozza. Carlo montò sul suo bel stallone bianco e li seguii. Durante il tragitto Rosy sedeva di fronte a Max con le braccia conserte, le gambe sfioravano quelle di lui. Gli occhi erano in fiamme sempre fissi su di lui. La sensazione di piacere che l'aveva invasa nell'ascoltare la melodia era svanita, lasciando il posto all'irritazione. Nella carrozza c'era un silenzio che innervosiva anche Alessia. Non comprendeva la reazione eccesiva di suo fratello. Finalmente arrivata al palazzo, fu un sollievo per lei scendere dalla carrozza e respirare un po' di aria fresca. Come se Carlo le avesse letto nel pensiero le disse:

«Contessina, immagino che il tragitto di ritorno non sia stato piacevole?»

«Barone, c'era un silenzio e un'aria gelida, da far sentire freddo, è stato un sollievo arrivare a casa»

«Conoscendo il caratterino di mia cugina, non sarà stato facile»

«Secondo lei barone! Mio fratello ha un carattere dolce,ma è testardo, impulsivo, orgoglioso e quando vuole sa tirare fuori il peggio dalle persone»

«Credo che sia geloso di Rosy. Non c'entra il suo carattere»

«Geloso Max! Forse suo zio ha ragione?»

«Cosa vuole dire?»

«Che ha notato il cambiamento di Max ogni volta che sua cugina è nei paraggi. Suo zio la definisce un'autodifesa».

Che diavole gli era preso per reagire in quel modo nei confronti di Rosy, non era la sua promessa sposa. Si era sentito furibondo nel vederla tra le braccia di quell'uomo, non gli interessava il suo buon nome. Se non fosse stato suo cugino lo avrebbe probabilmente sfidato a duello. Dentro di lui c'era un turbine di sentimenti. Per la prima volta in vita sua era geloso di una donna. Quei sentimenti erano inconciliabili.

La tavola era molto ampia, gli ospiti furono serviti con un pranzo di cinque portate, con il soufflé finale.

Carlo fu molto incuriosito dalla storia del palazzo Ducale ed Alessia fu molto contenta di raccontarla.

«Il palazzo dei Gaetani dell'Aquila di Aragona si estendeva maestoso nel quartiere medievale di Piedimonte. Per la sua posizione e la sua mole severa è certo la più imponente testimonianza storica di un antico e notevole comparto edilizio peraltro non privo di altri monumenti, come la chiesa gotica di San Giovanni che svetta sul borgo, o la basilica maggiore S. Maria o il convento domenicano»[5].

«I vostri antenati hanno scelto la sua posizione per difendersi dagli attacchi nemici, ma anche per la bellissima veduta»

«Barone entrando da questa porta si accede alla prima delle tre anticamere che precedono il quarto della loggia grande e l'alcova; qui le pareti sono riccamente decorate da stucchi e cornici dorate che avvolgono le tele, gli elementi dipinti sono tipici del rococò. Guardi le ondulazioni ramificate in riccioli e lievi arabeschi floreali! Vede, il rococò ci trasmette uno stile di vita frivolo basato sui piaceri del gusto».

Entrarono nella sala dei quadri. Rosy vide un quadro diverso dagli altri in cui si vedono due figure che fanno pensare a vari personaggi mitologici; sulla spalla della figura femminile è presente una faretra e il corpo è circondato da cani. Conosceva benissimo quell'immagine: era la stessa che ogni giorno, durante la sua passeggiate nella reggia, si soffermava ad ammirare. Per un istante fu pervasa dalla nostalgia di casa, il suo sguardo divenne triste e malinconico. Il suo cambiamento non passò inosservato a Max che ebbe l'impulso di stringerla a sé e di baciarla.

---

[5] Da *Piedimonte Matese* di Dante B. Marrocco

Mentre sua sorella e il barone proseguirono la visita, Max si avvicinò a lei, non riusciva a controllare quei sentimenti, non voleva controllarli, fu assalito da una voglia matta di baciarla. Rosy non riusciva a staccare gli occhi dalla sua bocca sensuale. Fu come per magia, ne assaporò il gusto rovente e selvaggio. Lui la strinse a sé, schiacciandola quasi. Gli afferrò le braccia, affondandogli le unghie nei muscoli. Lui le mise una mano al di sotto delle natiche, la sollevò premendola con forza contro il proprio inguine e a Rosy le parve di sciogliersi, persa nel desiderio di qualcosa che andava oltre la sua portata e la sua comprensione.

Dentro di lui si agitava un desiderio nascosto, lo stava travolgendo al punto di fargli dimenticare che nell'altra stanza c'erano sua sorella ed il barone Carlo. Non aveva alcun controllo, era in balia di quell'emozione, il sapore e il profumo di Rosy gli annebbiavano i sensi, toccarla lo inebriava trascinandolo oltre la soglia della razionalità. La voce di sua sorella lo condusse alla realtà, si staccò bruscamente da Rosy, lei quasi non respirava e lui fremente, rispose con un filo di voce a sua sorella. Rosy non riusciva a non guardarlo, lottava a fatica col rossore sulle guance. S'incamminarono verso il salone di rappresentanza in silenzio. Ognuno era immerso nei propri pensieri. Alessia stava descrivendo un dipinto: «Ci sono sedici schiavi che reggono la volta ai lati di dodici riquadri in cui sono affrescati i fatti celebri della casa Gaetani. Tra le varie storie rappresentate vi è quella del re Ferdinando d'Aragona con tutta la sua corte che adotta Onorato II Gaetani dichiarandolo del suo stesso sangue e concedendo ai suoi discendenti le insegne, il nome, gli onori e i privilegi che si convengono ai principi di una casa reale. Nel soffitto della stanza è raffigurato il grande stemma della famiglia Gaetani con il motto Non Confunditur che significa "Egli non si vergogna". Lo stemma è dominato da un'aquila che regge la corona fiancheggiata dai simboli della giustizia e della carità. Intorno al nostro stemma è posto a decoro un ornamento di altri stemmi inerenti alla stessa famiglia Gaetani[6].

Guarda gli schiavi nudi, non ti danno l'impressione di uscire dalle lastre di marmo dipinte tra una scena e l'altra? Non ti sembrano quasi schiacciati dal peso del panneggio mentre il loro corpo subisce torsioni irreali per degli esseri umani? Sui loro volti si riesce a leggere a malapena un'espressione di sofferenza dovuta allo sforzo sostenuto per districarsi dal cadente panneggio»

Carlo ascoltava incantato Alessia non perché gli interessasse la storia dei suoi antenati, ma perché la sua voce lo ammaliava come il canto delle sirene con Simba. Finita la visita Rosy e suo cugino si congedarono dai loro ospiti.

Nessuno dei due durante il tragitto di ritorno disse una parola, erano troppo assorti dai propri pensieri.

---

[6] Da *Piedimonte Matese* di Dante B. Marrocco.

IL BALLO.

Per una settimana evitò d'incontrare Max, si finse indisposta. Nessuno le chiese una spiegazione. Rosy era consapevole che lui la stava conquistando senza neanche volerlo e questo la spaventava. Mille pensieri le attraversavano la mente. Si immaginava quanto sarebbe stato doloroso se lui avesse cominciato ad ignorarla una volta che gli avesse dichiarato il suo amore. Sua zia glielo aveva detto che non era tipo da matrimonio. Suo padre voleva che lei si sposasse, sarebbe stato bello avere per marito Max. All'inizio pensava di odiarlo, ma adesso dentro di lei crescevano sentimenti ben diversi.

Qualche giorno dopo sua zia le comunicò che Alessia stava organizzando il ballo di beneficenza ed erano stati invitati. Il cuore di Rosy iniziò a battere forte al solo pensiero di rivedere Max. Mille sentimenti iniziarono a scontrarsi dentro di lei.

Rosy comprendeva benissimo di non poter rifiutare l'invito dell'amica, sarebbe stata un'offesa troppo grave e un disonore nei confronti di sua zia che la ospitava. I rapporti sociali li impegnavano a degli obblighi, uno di questi erano i balli sociali. Un tempo i balli per lei erano una gioia. Ogni giovane amava il ballo, la magnificenza, la magia della musica che ti conduce nella dimensione di una favola. Un incanto per ogni fanciulla che sogna di essere cenerentola col suo principe azzurro. Il Ballo era poesia, ma soprattutto il centro della vita sociale e culturale. Un'opportunità per gli aristocratici di esaltare il loro gusto, le loro ricchezze e un'occasione per i borghesi di dimostrare l'acquisita parità e la capacità di padroneggiare le norme dell'etichetta.

I giorni trascorsero e finalmente arrivò la sera del ballo.

Rosy aveva un abito color cielo. L'abito cadeva dritto, concentrando gran parte del suo volume sul retro, arricchito da panneggi e arricciature a strascico, la ricchezza della gonna era ottenuta sovrapponendo alla gonna vera e propria un tablier arricchito di decorazioni di bottoni, frange, trecce, nastri e nappe, con i lunghi guanti da sera e una generosa scollatura, completavano il tutto con una elaborata acconciatura.

L'espressione dei suoi zii indicava un approvazione per il gusto della scelta del vestito. Ma fu Carlo a stuzzicarla.

«Credo proprio che tu questa sera voglia conquistare un buon partito, bisogna comprendere solo chi è il fortunato».

I suoi zii e Carlo si guardarono in viso e sghignazzarono silenziosamente. Rosy divenne rossa come un peperone.

«Carlo, smettila».

Durante tutto il tragitto Carlo continuò a stuzzicare sua cugina. Alla fine Rosy reagì con un bel calcio negli stinchi, lasciandogli un bel livido come ricordo.

Entrata nel salone, cercò con gli occhi Max, ma non lo vide. Intanto da ogni parte affluivano gli invitati, parlando anch'essi sotto voce con i loro begli abiti da ballo. Gli specchi in fondo alla sala rispecchiavano dame e cavalieri mentre ballavano, tutto sembrava mescolarsi in un arcobaleno di colori riflessi. Il suo ingresso non passò inosservato: alcuni giovani si avvicinarono chiedendo un ballo, Rosy scrisse i nomi nel piccolo carnet. Max la osservava da lontano, vederla circondata da tanti pretendenti lo rendeva furioso, non l'aveva mai vista così bella, non immaginava che lei potesse avere un lato così affascinante che induce gli uomini a sognarla. Il solo pensiero che un uomo la potesse sfiorare lo mandava in bestia. Il suo primo ballo fu con un giovane borghese, per quanto cercasse di avere maniere nobili, fu goffo e continuava a scusarsi invece di fare attenzione a non sbagliare i passi, creandole dell'imbarazzo e il fastidio di un cavaliere non desiderato. Il secondo fu con un giovane ufficiale, fu gradevole e simpatico. Gli aveva concesso un valzer. Lo aveva ballato per la prima volta alla reggia di nascosto da suo padre con suo cugino Carlo. Suo padre le aveva vietato di ballarlo perché considerato il ballo del popolo, ma soprattutto perché i ballerini danzavano a stretto contatto tra loro, in una sorta di abbraccio, rendendolo troppo intimo. Suo padre lo definì volgare e non cambiò idea neanche quando anche i re iniziarono a ballarlo. Fu felice di danzare il valzer, si sentiva trasportata dalla musica. Sorrideva al suo giovane accompagnatore provocando la gelosia di Max che li osservava da lontano. Stanco di vederla tra le braccia del giovane decise di invitarla a ballare.

Rosy, terminato il ballo, stava chiacchierando amichevolmente col giovane soldato, quando ad un tratto Max le rivolse la parola e le chiese di concederle il prossimo valzer. La musica iniziò a suonare e Max le si avvicinò per invitarla. Il fascino del valzer creò in loro il piacere di sentirsi in armonia con i loro corpi, volteggiavano rapidamente accentuando la sensazione di ebbrezza.

Rimasero in silenzio durante tutto il ballo, nessuno dei due voleva interrompere quell'incanto. Rosy non voleva che quel ballo finisse: al solo contatto col suo corpo si sentiva rimescolare tutta, era una sensazione meravigliosa. La musica terminò e i due ballerini si staccarono con fatica. Max la invitò a prendere un po' di aria in giardino.

«Bella serata per un ballo»

«Sì, le stelle risplendono in cielo. Che sensazione di pace».

Rosy non trovò altro da dire, lui avrebbe potuto far di meglio, ma rimase in un pensieroso silenzio. Ogni sua speranza stava scomparendo, non comprendeva il perché l'avesse condotta al chiaro di luna. Ricordava ancora quel bacio, il suo primo bacio, ogni giorno. Nessuno le aveva mai raccontato che un gesto così semplice potesse rubarti l'anima. Camminarono senza sapere dove andare, c'erano troppe persone, così giunsero verso un angolo nascosto del giardino. Max si fermò di colpo, la guardava con una tale passione da farle venire i brividi. Poi, come di incanto, la prese tra le braccia e la sua bocca si depositò prima con dolcezza e poi con passione sulla sua. Le sembrava che quel bacio la prosciugasse dentro, non era capace di respingerlo pur sapendo che se qualcuno li avrebbe visti sarebbe scoppiato uno scandalo e che suo padre l'avrebbe obbligata al matrimonio con Max solo a causa del suo onore. Non voleva che questo succedesse, non voleva un marito che non l'amasse, ma cosa provava Max per lei...

Una vocina quasi soffocata la spinse a respingerlo, lui ne fu deluso e arrabbiato. Senza dire una parola la lasciò in quell'angolo buio da sola. Pensando di aver salvato il suo ed il proprio onore, Rosy restò seduta in un angolo a cercare di ricomporsi. Ma nell'ombra qualcuno tramava su quello che aveva visto.

Rosy rientrò in sala, decise di rifiutare i prossimi balli. Conversò con sua zia, parlavano di come Carlo si era impadronito del carnet di Alessia impedendo a tutti di ballare con lei. Il suo atteggiamento attirò l'attenzione di molti gentiluomini. Si ascoltavano dei gran bisbigli su di loro. Erano orribilmente consapevoli di tutte le supposizioni, dei pettegolezzi, i sussurri e le occhiate furtive. Ogni tanto incrociava il suo sguardo, ma quello di Max era distaccato. Aveva concesso due balli ad una giovane figlia di un commerciante, provocando un velo di gelosia da parte di Rosy che decise di accettare l'invito del giovane soldato. Finito il ballo si erano ritrovati l'uno di fronte all'altro.

«Vedo che ha di nuovo danzato col soldatino»

«È molto simpatico e gentile, come la sua amica borghese«

«Dovevo immaginarlo che, da aristocratica di città, disprezzassi i borghesi»

«Signor conte, crede di giungere sempre alle giuste conclusioni da solo? Dovrebbe chiedere delle spiegazioni.

Crede solo a quello che vede. È solo uno stupido orgoglioso. Mi fa solo perdere la pazienza. Mi scusi ma ho promesso questo ballo ad un altro cavaliere».

Max restò immobile guardandola andare via. In quel momento provava rabbia per quella ragazzina testarda, ma anche tanta confusione per quei sentimenti che gli suscitava. Non capiva come pochi minuti prima avesse corrisposto il suo bacio con una tale passione e poi lo avesse respinto come un libertino. Quella donna lo confondeva e lo irritava a tal punto da perdere il controllo.

Per il resto della serata continuarono ad ignorarsi. Rosy spesso posava lo sguardo-su di lui, nonostante fossi infuriata, percepiva un'infinita tenerezza, come una leggera carezza. Aveva risvegliato in lei qualcosa di ardente, se solo chiudeva gli occhi percepiva il suo odore, si sentiva il corpo vibrante di una sensazione che non aveva mai provato. Con un sussulto di stupore sua zia la condusse alla realtà.

«Rosy, Rosy, mi ascolti!»

«Scusami zia per un momento mi sono persa nei miei sogni»

«Nei tuoi sogni?»

«Non dar peso a quello che dico. Volevi comunicarmi qualcosa?»

«Dovresti ballare con tuo cugino, sta dando scandalo»

«Zia, Carlo sa benissimo quello che fa»

«Per lui è tutto un gioco, qui non siamo a Caserta, il paese è piccolo e le persone parlano, non mi preoccupo per lui, ma per Alessia»

«Va bene zia, ballerò con lui».

Rosy si diresse verso suo cugino e prima che chiedesse ancora una volta ad Alessia di danzare con lui, lei lo obbligò a concederle un ballo.

«Cosa diavolo ti prende Rosy?»

«Cosa prende a me Carlo? Stai ascoltando i continui pettegolezzi?»

«Piccola lo sai che non mi interessa nulla di quello che dicono sul mio conto!»

«Su di te lo so benissimo, ma non pensi ad Alessia? Loro vivono in un piccolo centro dove tutti si conoscono e ci vuole poco a rovinare una reputazione di una giovane donna. Quando sarai partito cosa diranno le persone? Lei non lo merita, a meno che...»

«A meno che?»

«Che tu non stia prendendo in considerazione il matrimonio»

«Il matrimonio? Lo sai che non voglio sposarmi!»

«Sì lo so benissimo e quindi ora ci congediamo dai nostri ospiti e ritorniamo a casa»

«Sì mamma, ho compreso. Ma devo dire che lei è bellissima col suo abito rosa pallido, i suoi capelli sembrano campi di grano al sole e la sua carnagione è soffice come la neve».

Carlo fece un sospiro. Rosy non l'aveva mai sentito parlare di una donna in quel modo. Terminato il ballo si congedarono ed insieme ai loro zii rientrarono a casa.

Alessia aveva risvegliato in lui qualcosa di ardente dentro, la voleva ad ogni costo, nonostante fosse consapevole che la sua reputazione lo precedeva. Ogni volta che chiudeva gli occhi percepiva il suo odore, si sentiva il corpo vibrante di una sensazione che non aveva mai provato, lei era diversa. Gli era entrata dentro e non riusciva più a scacciarla via, sarebbe dovuto rientrare quella settimana, ma decise di prolungare la sua visita.

Mentre era nello studio, udii la cameriera entrare, dietro di lei c'era Alessia: i suoi occhi blu zaffiro risplendevano come brillanti, una voce dentro di lui gli diceva di scusarsi per allontanarsi, era consapevole che se non fosse uscito fuori dalla stanza, questa volta non avrebbe resistito a quelle labbra color fragola, voleva assaporarle, gustarle, succhiarle. Carlo si avvicinò e prese tra le mani il suo viso. Le sue mani emanavano un odore sensuale, Alessia chiuse gli occhi e le sue labbra si posarono dolcemente sulle sue. Dolcemente le baciava, le assaporava e le gustava come una fragola finché lei non aprì la bocca permettendo l'ingresso della lingua. Le sue mani abili le scendevano lungo la schiena e lungo i fianchi, le sciolse i capelli; gli piaceva affondare le sue dita fra i suoi capelli setosi, lo eccitava. Le sue mani percorrevano tutte le sue forme immaginando un corpo formoso. Il contatto col suo corpo gli provocò uno spasmo interno, si sentiva eccitato come un bambino al suo primo bacio. Senza pensare alle conseguenze di quello che stava facendo, la prese tra le braccia e la condusse sul divano, lasciandosi travolgere dalla passione. Erano stretti l'uno con l'altro e non udirono il rumore della porte che si apriva, lasciando senza parole i suoi zii e il conte Max.

L'incanto fu interrotto dalla voce di sua zia.

«Carlo».

Un istante dopo entrarono Max e Luigi. Tutti li fissavano, sua zia era in pieno sgomento, il conte era sbigottito, sorpreso, non avrebbe mai immaginato di trovare sua sorella.

Si staccarono. Alessia era rossa in viso, la sentiva tremare. Per un istinto di protezione nei suoi confronti, l'abbracciò come per nasconderla al mondo e ai suoi pericoli. In quello stesso istante Rosy entrò nella biblioteca, non poteva credere ai propri occhi, suo cugino si era fatto sorprendere sul fatto come un fanciullo al suo primo appuntamento.

«Barone, non le metto le mani addosso solo per rispetto ai suoi zii»

«Conte, lei non mi toccherà neanche con un dito»

«Ragazzina tu non puoi comprendere, ti consiglio di tornare a giocare con le tue bambole»

«Signor conte, io comprendo benissimo. Non sono una ragazzina. È uno stupido testone come lei, che vuole vedere solo ciò che desidera»

«Stupido io...»

«E anche testone, arrogante e prepotente»

«Rosy, il conte ha ragione, l'onore di sua sorella è stato compromesso e non ci sono scuse per questo»

«Vedi zia, io non credo che il conte conosca il significato della parola onore».

Rosy fissava il conte con occhi severi, quasi con disprezzo. Lui che in più occasioni l'aveva baciata senza pensare al suo onore, lui che la sera del ballo l'aveva condotta in giardino ed era quasi riuscito a far scoppiare uno scandalo, parlava di onore solo perché la donna in questione era la sua amata sorella. Mentre per lui, lei non aveva onore, non doveva essere rispettata. Come se avesse letto nel suo cuore Max disse:

«Possiamo discuterne tra persone civili. Barone io vorrei dei chiarimenti sul suo comportamento indegno del suo rango e chiederei a tutti di uscire e lasciarci soli».

Rosy non aveva smesso di sfidarlo. Sua zia la guardava ammutolita, suo zio come al solito si stava divertendo, Carlo continuava a tenere stretta Alessia come se fosse una bambina in pericolo, lei continuava a tremare come una foglia. Carlo si distaccò da lei e la rassicurò di non aver timore, che tutto sarebbe andato bene. Lui non aveva nessun timore anzi era quasi felice che tutti avessero scoperto la sua passione per Alessia; non si sentiva in trappola, ma finalmente aveva compreso che con lei sarebbe stato felice. Aveva assaporato le sue labbra e quel sapore gli aveva rubato il cuore e adesso voleva assaporare quel corpo meraviglioso. Tutti uscirono, Carlo si accomodò sul divano e Max di fronte a lui sedeva aspettando una spiegazione ed una proposta per sua sorella.

«Barone».

Il tono della voce di Max era più freddo del ghiaccio, i suoi occhi grigi sembravano duri e gelidi. Carlo si alzò e si versò un bicchiere di brandy e ne offrì un bicchiere a Max che rifiutò aspettando che lui parlasse. Carlo era consapevole che con un uomo come lui bisognava scegliere le parole giuste, si rendeva conto di avere violato ogni principio di onorabilità e dunque non meritava nessuna clemenza.

«Non posso sfidarvi a duello per l'onore di mia sorella, ho promesso di comportarmi civilmente, sto aspettando barone e la mia pazienza sta esaurendosi» dichiarò Max.

Carlo trasse un profondo respiro. Non c'era stato nulla di rispettoso nel suo comportamento verso Alessia, nel suo desiderio, nel suo bisogno di lei, specie ora che aveva assaporato le sue deliziose labbra, che ardeva dal desiderio di possedere il suo corpo. Prese coraggio più per se stesso che per il conte e disse:

«Io vorrei sposare la contessa Alessia».

Max lo guardava, non lo giudicava per il suo comportamento, anche lui aveva baciato Rosy con passione, solo per un pelo non era scoppiato uno scandola la sera del ballo, respirò profondamente e disse:

«Barone, entro una settimana organizzeremo un ballo per annunciare il vostro fidanzamento ufficiale, ho la vostra parola d'onore che rispetterete mia sorella fino al giorno del matrimonio?»

Carlo quasi gli rise in volto. La sua parola d'onore... lui voleva vederla per placare la paura che aveva visto nei suoi occhi.

Alessia non osava guardare la baronessa, aveva troppa vergogna per riuscire a dire una parola. Rosy, comprendendo i suoi sentimenti, strinse forte Alessia in un abbraccio spontaneo. Alessia, con gli occhi lucidi, guardò la contessa: le sembrava quella di sempre, ma in lei c'era un'ombra di giudizio riflessa negli occhi per la vergogna e il disonore che aveva portato nella sua casa. Poi si rivolse con un sorriso sforzato le disse:

«Alessia in questo momento mio nipote chiederà la tua mano al conte, sarà l'unico modo che ha per non macchiare il tuo onore»

«Sposarlo?»

«Di cosa credi che stiano discutendo in biblioteca?»

«Ma io...» le parole le morirono in bocca.

Rosy avrebbe voluto difenderla e tranquillizzarla allo stesso tempo.

«Alessia, sono certa che Carlo sarà un marito meraviglioso e da come ti guarda lui prova dei sentimenti per te e sono certa che anche per te sia lo stesso»

«Lui mi piace e questo non mi era mai successo»

Alessia era mortificata per il suo comportamento, ogni volta che aveva incrociato lo sguardo di Carlo aveva avvertito una strana sensazione, le faceva provare un turbamento sconosciuto che aumentava ogni giorno. Al suo fianco le sembrava di non sentiva più né caldo e né freddo, aveva paura ma allo stesso tempo era meraviglioso. Nel salotto aveva notato in Carlo una luce particolare nello sguardo. Alessia sentì dei brividi lungo la schiena, un insieme di emozioni contrastanti, era prigioniera del suo sguardo, imprigionata in una rete che la trascinava verso una sorte di mistero finché le sue labbra non sfiorarono le sue riducendola alla resa e si perse nei suoi baci.

Quel bacio l'aveva resa impotente, la sua mente era completamente vuota in balia degli eventi e senza volontà. Se la baronessa, il barone e suo fratello non fossero entrati, chissà cosa sarebbe successo...

Malgrado sua zia continuasse a minacciarlo sul suo comportamento non decoroso nei confronti di Alessia, Carlo ascoltava solo quella voce dentro di lui. Una voce piccola, quasi invisibile gli diceva di non ascoltare nessuno se non il suo cuore.

Carlo voleva assaporare quelle lebbra meravigliose, voleva sentirle sulle sue, la desiderava come mai aveva desiderato una donna. La sognava tra le braccia, la sognava dentro di lui, non riusciva più a comprendere quelle sensazioni tanto magiche, ma indescrivibili.

Lui, il più famoso dei libertini di Caserta, sembrava un ragazzino al suo primo appuntamento, goffo e sciocco.

«Max, se non ti dispiace vorrei vedere Alessia, per chiederle di sposarmi».

Max acconsentì ed uscii fuori dalla biblioteca per comunicare a sua sorella di andare a parlare con Carlo.

Alessia entrò nella biblioteca; Carlo era in piedi di fronte ad un enorme libreria, lentamente si avvicinò a lei le prese le mani, Alessia si sentì immediatamente avvolgere da un violento calore.

«Alessia vi chiedo scusa per avervi offesa, il mio comportamento non è stato degno di un gentiluomo. Ho perso il controllo, anzi sapevo benissimo ciò che stavo facendo, avrei potuto fermarmi, ma desideravo farlo dal primo istante che vi ho vista»

Carlo si piegò in ginocchio davanti a lei:

«Alessia, volete sposarmi?»

Alessia restò pietrificata, sapeva benissimo che Carlo le aveva chiesto di sposarla solo a causa di quello che era successo tra loro.

«Volete sposarmi solo perché vi ha obbligato mio fratello?» disse Alessia.

«Nessuno mi ha mai obbligato a far ciò che non voglio». Nella voce di Carlo c'era rabbia. Alessia restò in silenzio.

«Forse pensate che questo sia un matrimonio di convenienza, ma per me non è cosi. Io provo dei sentimenti per voi e se non mi credete vi dimostrerò che non mento».

Lui si avvicinò e prese il mento con una mano, le sollevò il volto costringendola a guardarlo. Il suo tocco era lieve, ma lei sentì tutta la sua passione e chiuse gli occhi. Chinò il capo e le sfiorò le labbra con un bacio leggero. Un calore violento divampò dentro di lei e le loro bocche si unirono in un bacio esplosivo. Alessia reagì con una bramosia, era avida delle sue carezze. Il bacio di Carlo diventò più profondo e lei si aggrappò a lui per non cadere, lui la strinse a sé. Lentamente lui la lasciò, lei aveva il respiro corto e i suoi occhi brillavano dalla passione.

«Ora comprendi l'effetto che hai su di me? Voglio assaporare ogni parte del tuo corpo, svegliarmi nel letto con te. Tra una settimana organizzeremo una festa di fidanzamento, entro un mese tu sarai mia moglie».

Alessia arrossì come un bambina alle sue parole. Carlo s'inginocchiò e le rifece per la seconda volta la domanda.

«Alessia vuoi sposarmi?»

«Carlo è una follia ma credo di amarti e voglio sposarti».

Carlo urlò dalla gioia e prese tra le braccia Alessia. Le sue urla furono udite al di fuori da Max che aprii la porta come un fulmine. Vide un'immagine che gli riscaldò il cuore: Carlo aveva tra le braccia Alessia e sorridevano felici. Comprese che sua sorella era al sicuro tra le braccia di un uomo che l'amava. Silenziosamente uscii dalla biblioteca, nessuno dei due aveva notato il suo arrivo e li lasciò alla loro felicità. Si diresse nella sala dove i suoi ospiti attendevano notizie.

IL MESSAGGIO.

La gioia per fidanzamento di Carlo ed Alessia fu tanta che l'evento fu comunicato a tutti. Carlo era al settimo cielo, Rosy era felice per suo cugino. Aveva imparato a conoscere Alessia, era certa che sarebbero stati una coppia felice.

Ma un'ombra minacciosa si nascondeva nell'aria, nessuno poteva immaginare che in quei giorni le loro vite sarebbero cambiate.

I giorni trascorsero felici e il giorno prima della festa di fidanzamento sua zia Anna ricevette un messaggio da suo padre.

Erano tutti seduti in salotto, discutevano per gli ultimi preparati per la festa. Rosy e Max non si rivolgevano la parola, ma di tanto in tanto i loro sguardi si incrociavano.

«Baronessa c'è un messaggio per lei».

Anna lesse e rilesse quel messaggio, l'espressione del suo viso cambiò. Luigi comprese che qualcosa in quel biglietto l'angosciava. Si avvicinò a sua moglie e le prese il biglietto.

«Cara sorella, ti chiedo di comunicare a Rosy che la prossima settimana rientrerà a Caserta. Il giorno seguente al suo rientro si unirà in matrimonio con il Conte Valerio Brescia».

Luigi, finito di leggere il messaggio, rivolse il suo sguardo verso sua moglie, entrambi conoscevano benissimo il Conte. Luigi chiese a sua moglie di seguirlo nel suo studio.

«Quando hai intenzione di comunicarglielo?» chiese Luigi

«Suo padre ha contratto il suo fidanzamento, questa volta è spacciata»

«Anna noi conosciamo il suo futuro sposo ed anche i nostri ospiti, credo che sia giusto comunicarlo adesso, tutti insieme troveremo una soluzione».

Luigi nel vedere che Anna non accennava ad alzarsi per recarsi da Rosy per comunicarle la notizia, sospirò esasperato, le prese il massaggio dalle mani ed uscii immediatamente dallo studio seguito da sua moglie.

Alcuni minuti dopo entrarono nella sala. Luigi a passo di carica si diresse verso Rosy e le consegnò il messaggio di suo padre. Rosy lesse quelle poche righe, era furiosa e delusa. Balzò in piedi, si diresse verso la finestra con il volto imporporato. Tutti compresero che era in collera. Una voce dentro di lei combatteva per venire a galla.

«Zia, dimmi che è uno scherzo di Carlo, ti prego»

«No tesoro, è tutto vero»

«Come può farlo, non gli interessa nulla dei miei sentimenti, non può comunicarmi tramite poche righe che tra qualche giorno mi sposerò con un perfetto sconosciuto. Chi è il Conte Valerio Brescia?»

Nel nominare quel nome Alessia fece cadere il bicchiere che aveva tra le mani. Max strinse talmente forte il suo che si frantumò in mille pezzi. Carlo guardava tutti senza comprendere nulla. Non era la prima volta che suo zio aveva contrattato un matrimonio per Rosy e comprendeva la sua reazione, ma non quella dei suoi ospiti.

Rosy corse verso di Max, la sua mano sanguinava e lei prese il suo scialle e lo avvolse intorno alla ferita per fermare il sangue lasciando scoperta una bellissima scollatura che non sfuggi a Max.

«Max, sei diventato pazzo! Non è un tuo problema, ma un mio problema»

«Tu non sai chi è quell'uomo, è pericoloso, tu non devi sposarlo!»

«Mio padre questa volta non mi permetterà di non mantenere la sua parola, ormai è troppo tardi»

«Vuoi arrenderti senza lottare, non ti credevo cosi vigliacca!»

«Per te è facile sei un uomo, ricordati che io sono una donna e non ho il diritto di decidere chi amare o sposare, non tutti sono fortunati come mia zia o tua sorella».

Max uscii fuori dalla sala infuriato. Luigi lo seguì per controllare che la sua ferita non fosse profonda, fu Alessia che spiegò a Rosy la reazione di Max.

«Rosy, non essere infuriata con mio fratello. Lui aveva contrattato con il Conte Valerio Brescia il mio matrimonio. È un uomo crudele e violento. Un giorno ero sola, Max era a San Potito con tuo zio. Il Conte Brescia aveva ascoltato la conversazione tra tuo zio e mio fratello ed aveva deciso che, essendo il mio promesso sposo, poteva avere ogni diritto su di me e sulla mia rendita. Senza farsi notare dalla servitù entrò in casa e si diresse verso le camere. Io quel giorno ero indisposta ed avevo deciso di fare un riposino, stavo dormendo quando sentii una mano sulle mie gambe. Aprii gli occhi e lo vidi, non riuscivo quasi a respirare, con le mie mani cercavo di togliere la sua mano dalla mia gamba».

Alessia non riuscii a proseguire il discorso Carlo era imporporato, i suoi occhi esprimevano paura e rabbia, Alessia non osava guardarlo, iniziò a piangere e Carlo la strinse a sé. Fu sua zia a continuare il racconto.

«Quel giorno, per grazia di Dio, Max aveva dimenticato il contratto nella sua camera ed era tornato indietro a prenderlo. Alessia in un momento di distrazione graffiò il conte e urlò chiedendo aiuto. Lui la schiaffeggiò forte al punto da farle perdere i sensi. Max aveva udito le urla di sua sorella mentre si recava nella sua camera ed era corso in suo aiuto, prese il conte e lo scaraventò fuori, lo picchiò al punto da fargli quasi perdere la vita. Se Luigi non fosse intervenuto in suo aiuto il conte ora sarebbe morto. Per fortuna che non era riuscito nelle sue intenzioni. Lui aveva paura che Max scoprisse i suoi debiti e le sue amanti prima del matrimonio ed aveva deciso di violentare Alessia in modo che il suo onore fosse macchiato e nessuno a parte lui l'avrebbe sposata»

«Oh mio Dio, ed io dovrei sposare quest'uomo. Mio padre non può farmi questo»

«Rosy stai tranquilla, oggi stesso scriverò a tuo padre per informarlo sull'accaduto e sono certa che non permetterà ad un mostro di sposarti»

«Zia, non credo che lui ti ascolterà, ormai ha già preso la sua decisione, né tu e nessun'altro gli farà cambiare idea».

Carlo era teso come una corda di violino, era certo che se quell'uomo si fosse avvicinato alla sua Alessia, avrebbe reso sua cugina vedova prima del matrimonio.

Luigi stava medicando le ferite di Max, per fortuna non erano gravi. Lo guardava, era teso e nervoso, era certo che lui non avesse reagito in quel modo solo per Alessia ma anche a causa di Rosy, ma era troppo orgoglioso per confessare a se stesso i suoi sentimenti.

«Max, stai tranquillo troveremo una soluzione, non permetteremo questo matrimonio»

«Luigi, tuo cognato ha quasi distrutto il tuo di matrimonio, come puoi solo sperare che ti permetta di interferire nella vita di sua figlia! Con Anna era diverso, tu hai conquistato l'affetto di tuo suocero ed avete ottenuto la sua benedizione, ma qui è diverso»

«Potresti sempre sposarla tu!»

«Stai scherzando! Io e lei non riusciamo a stare nella stessa stanza senza litigare»

«Non credi che il problema sia proprio il fatto che voi due vi amiate e vi comportiate come se vi odiaste?»

«Luigi, ora basta cerca un'altra soluzione, io non mi sposerò mai».

Rosy aveva lasciato solo suo cugino con Alessia, affinché lei gli confidasse le sue paure ed i suoi timori. Era andata in cerca di suo zio ed di Max, e mentre apriva la porta aveva ascoltato involontariamente la loro conversazione. Cercò di tornare sui suoi passi senza far rumore ma involontariamente urtò contro un contenitore facendolo cadere a terra. I suoi occhi si incrociarono con quelli di Max.

«Scusate non volevo disturbare, volevo solo sapere se la ferita è profonda per comunicarlo ad Alessia»

«Rosy, stai tranquilla e comunica ad Alessia che è solo una ferita superficiale. Ti prego puoi medicarlo tu? Le mani di una donna sono più adatte di quelle di un uomo. Io vado da tua zia a tranquillizzarla»

«Ma io devo andare da Alessia»

«Tranquilla ci penso io, ora vieni ho messo dei punti e dello iodio»

«Va bene zio, ci penso io».

Rosy medicava silenziosamente la mano di Max, ma il suo tremore trasmetteva tutta la sua ansia. Quelle frase l'aveva ferita nel profondo. Sentiva e risentiva quella frase tante volte: "Luigi, ora basta cerca un'altra soluzione, io non mi sposerò mai".

Rabbia e delusione si confondevano dentro di lei. Avrebbe voluto dirgli che era solo suo zio a pensarla in quel modo, di stare tranquillo che lei non voleva sposarlo.

Cercò di essere cortese ed in tutta fretta, cominciò a chiedergli se stesse bene. Max fece cenno di sì. Dopo un silenzio di parecchi minuti, Max le si avvicinò con un fare agitato e cominciò a parlare: «Rosy, la tua situazione non è semplice, tuo padre ti obbligherà a sposare il Conte Brescia. Non posso permetterlo, sarei disposto a chiedere la tua mano».

Lo stupore di Rosy era inesprimibile, spalancò gli occhi, arrossì. Non riusciva a credere alle sue orecchie: solo pochi minuti prima aveva comunicato a suo zio che lui non l'avrebbe mai sposata! Max si sentì incoraggiato dal suo silenzio a proseguire. Voleva chiarire le ragioni della sua scelta e parlò con orgoglio, nonostante la loro profonda antipatia lui voleva salvarla dalla rovina, il loro sarebbe stato solo un matrimonio su carta, certo lei comunque avrebbe dovuto donargli un erede ed essere fedele alla loro unione, lui non credeva affatto di ricevere una risposta negativa, anzi era certo che lei rispondesse in modo favorevole. Rosy era furiosa ed offesa, dimenticò ogni educazione e si lasciò andare alla collera. Cercò tuttavia per rispetto di suo zio di rispondere con calma.

«Signor Conte in casi come questo credo sia educato esprimere la mia riconoscenza per una tale proposta e provo gratitudine e la ringrazio, ma non posso accettare».

Max fissava il volto di Rosy, sembrò accogliere quelle parole come una lama conficcata nel petto. Impallidì per la collera e i suoi lineamenti tradivano il suo animo. Ci fu un attimo di pausa che fu terribile per Rosy. Finalmente Max le disse:

«Dovevo aspettarmi una risposta del genere da una ragazzina viziata come te, potrei almeno sperare di conoscere il perché mi respingi così senza nemmeno un minimo di cortesia?»

«Tu parli di cortesia! Tu che hai avuto la chiara intenzione ad offendermi. Signor conte non ha minimamente pensato ai miei sentimenti. Lei non è certo migliore del conte Brescia, certo non mi picchierebbe ed avrei una vita serena con lei. Ma sarei solo una moglie che le deve dare un erede e se lei incontrasse una donna che ama io sarei messa in disparte, no grazie».

Mentre lei pronunciava quelle parole, Max cambiò colore, le sue parole l'avevano ferito, come poteva giudicarlo un uomo così superficiale!

«Non intendo negare che la mia proposta era solo per ferire il conte Brescia, ma...»

Rosy non gli permise di terminare la frase.

«È solo questo quello che conta! La credevo una persona diversa, un uomo d'onore, ma credo di essermi sbagliata nel giudicarla. Faremo finta che questa conversazione non ci sia mai stata tra noi, ora le chiedo di uscire cortesemente»

«È questa l'opinione che hai su di me! Ringrazio Dio di non aver inviato una richiesta di matrimonio a suo padre. Ma certo un nobile di campagna non sarà eguagliato ad uno di città, piuttosto preferisci un violento ad un uomo come me»

Voltandosi verso di lei aggiunse: «Avresti evitato ogni offesa se il tuo orgoglio non fosse stato offeso. Forse queste amare accuse sarebbero state risparmiate se avessi mentito, ma io detesto le menzogne e non mi vergogno di aver cercato una soluzione pur di renderti meno infelice»

«Si sbaglia signor conte, in qualunque modo mi avesse proposto di sposarla, non avrebbe potuto indurmi ad accettare».

Lo stupore e la rabbia di Max furono evidenti.

«Baronessa le chiedo scusa e mi vergogno di averle chiesto di sposarmi, ma stia certa che una tale richiesta non le verrà riformulata».

Max uscii in fretta dalla stanza chiudendosi la porta alle sue spalle. Per Rosy quella porta chiusa era come se qualcuno le avesse chiuso il suo cuore in un pugno di ferro, provava un gran dolore.

Rimase ferma nella stessa posizione di come l'aveva lasciata lui, per molto tempo. La sua mente era in tumulto solo il rumore di una cavallo al galoppo la fece sussultare, era certa pur senza guardare che fosse lui. Non riusciva più a reggersi in piedi e, vinta da un ondata di sentimenti, pianse, non riusciva a comprendere i suoi sentimenti e quelli di lui. Lei non era un oggetto con cui vendicare l'onore della sorella, era una donna che provava dei sentimenti. Dei sentimenti forti al punto che aveva rifiutato l'uomo che amava. Per la prima volta da quando l'aveva conosciuto, aveva compreso di amarlo. Quella comprensione la fece cadere in una tale disperazione che pianse per molto tempo, fu così che sua zia la trovò.

«Rosy, piccola mia, stai tranquilla tutto si sistemerà, non permetterò a tuo padre di farti sposare quel bruto. Ti proteggeremo noi».

Rosy abbracciò sua zia, era così dolce e tra le sue braccia si sentì al sicuro, non le avrebbe raccontato di Max e dei suoi sentimenti e di come il suo orgoglio le avesse impedito di sposare l'uomo che amava, ma lei voleva che lui ricambiasse il suo amore, non poteva accettare un uomo che non l'amasse. Si asciugò gli occhi e sorrise a sua zia. La tranquillizzò e le chiese di scusarsi con i suoi ospiti ma preferiva ritirarsi nella sua camera, aveva bisogno di un buon bagno caldo e di riposarsi.

Max galoppò a lungo senza meta, era infuriato con lei e soprattutto con se stesso per averle chiesto di sposarlo. Come aveva osato respingerlo in quel modo e soprattutto come aveva potuto paragonarlo a quel conte Brescia! Non gli aveva permesso di spiegarle che provava qualcosa per lei ma non comprendeva ancora cosa, le voleva dire di aver pazienza e col tempo l'avrebbe amata, perché nessuno gli aveva insegnato ad esprimere i suoi sentimenti verso una donna ad eccezione di sua sorella. Non aveva mai provato per una donna tante emozioni e tanta paura come per lei.

Rosy fece sogni agitati, si svegliò al mattino presto con la stessa ansia che l'aveva perseguitata la notte. Dentro di sé sperava di aver fatto un brutto sogno, ma la consapevolezza dell'accaduto era vera. Non riusciva a non pensare ad altro ed incapace di affrontare una colazione quindi decise di fare un passeggiata. La campagna era meravigliosa, gli alberi sembravano allungare i propri rami al cielo come se volessero toccare il sole ed il colore dei fiori in campo era un arcobaleno dopo la pioggia.

Stava passeggiando quando intravide un uomo a cavallo, si muoveva verso la sua direzione, riconobbe subito quella sagoma e il suo cuore incominciò a batterle forte, voleva allontanarsi, cercò di cambiare direzione ma la voce di Max la fece fermare.

«Baronessa, le consiglio di ritornare a casa. Come le ho già detto in passato questa zone negli ultimi tempi è pericolosa, ci sono i briganti che rapiscono i nobili per ottenere denaro da utilizzare per comprare armi. Non comprenda in modo sbagliato il mio agire ma le chiedo di passeggiare con me fino a casa dei suoi zii. Ero diretto da suo zio per un messaggio importante».

Rosy lo ascoltava parlare, era freddo e distaccato come se quello che era successo tra loro il giorno prima fosse solo frutto della sua fantasia. Lei lo ringraziò con cortesia e camminò al suo fianco senza dire una parola, il silenzio tra i due era come una lama affilata.

Una volta giunti a casa, lo ringraziò per la sua cortesia e si diresse nella sua camera. Un domestico comunicò al Barone che il conte Max lo attendeva nel suo studio.

Mentre attendeva Luigi, Max ripensò a Rosy: nel vederla passeggiare da sola una rabbia aveva invaso tutto il suo animo al solo pensiero che qualcuno le avesse fatto del male. Il suo primo istinto era stato quello di urlarle contro, il secondo di prenderla tra le braccia e baciarla e il terzo di essere formale e distaccato come si riteneva che un nobile del suo calibro dovesse essere. Fu la ragione a prevalere su tutto, ma dentro di lui era ancora infuriato e soprattutto ogni volta che la vedeva non riusciva a non volerla attirare a sé ed assaporare quelle dolci labbra che gli facevano perdere il controllo, la voleva ad ogni costo. Quella notte l'aveva sognata: era nel suo letto e al suo risveglio si era reso conto che non voleva più svegliarsi in un letto vuoto e soprattutto senza di lei.

Luigi lo trovò con lo sguardo perso nel vuoto, Max non si accorse della presenza dell'amico se non quando lui lo chiamò.

«Max, Max, Max»

«Scusami Luigi ero soprappensiero»

«L'ho notato amico mio e credo di conoscere la persona che nell'ultimo periodo ti conduce lontano con la mente»

«Rosy. Luigi ieri le ho chiesto di sposarmi e lei ha rifiutato»

«Ha rifiutato!»

«Si, mi ha definito come il conte Brescia»

«Come il conte Brescia!»

«Comprendi che mi ha paragonato a lui solo perché le ho detto che la volevo sposare per vendicarmi di lui!»

«Max come hai potuto dirle una cosa del genere, mi meraviglio che non ti abbia offeso»

«Secondo te questa non è un'offesa?»

«Pensandoci, per te sì. Sei proprio un gran zuccone Max, quando comprenderai che ad una donna le si deve dire di amarla?»

«Amarla?»

«Max, tu l'ami e sono certo che lei ama te. Domani c'è il ballo, cerca di parlare con lei e chiarisci. Mio caro, fidati del tuo cuore e dille ciò che provi per lei»

«Luigi, come fai ad essere sicuro dei nostri sentimenti?»

«Fidati, ho una buona vista e voi due fate scintille insieme. Max, tu non avresti mai fatto una scenata del genere in piazza Roma, al ballo quando l'ufficiale per più volte le aveva chiesto di ballare. O come ammutolisci ogni volta che lei è nei paraggi?»

«Forse hai ragione, io sono confuso e forse ne sono innamorato, ma come fai ad essere certo che lei mi amai? Non fa altro che litigare con me ed è vero che la mia proposta non sia stata cortese, ma se lei mi amasse avrebbe accettato la mia proposta di matrimonio»

«Max proprio perché ti ama non ha potuto accettare di vivere con te senza il tuo amore»

«Luigi, tu pensi che potrebbe dire di sì?»

«Certo zuccone, lo farà, ma se solo tu lo farai nel modo giusto»

«Ti prometto che sarò un vero galantuomo, mi inginocchierò e le chiederò di sposarmi solo perché ne sono innamorato»

«Max, sono felice per te, credimi non te ne pentirai. Lei è come la mia Anna, piena di vita ed ogni giorno trascorso con lei è come il primo giorno»

«Grazie amico mio»

«Benvenuto in famiglia nipote mio, tra un po' dovrai chiamarmi zio».

Luigi guardò l'espressione di Max ed iniziò a ridere di gusto.

«Luigi non pretenderai che ti chiami zio, non lo farò mai»

«Io no ma forse Anna sì».

Max divenne rosso in viso e Luigi se la rideva immaginandosi l'espressione di sua moglie e di Max che la chiamava zia.

Per ben dieci minuti rise e Max iniziò a perdere la pazienza. Luigi comprese dalla sua espressione che forse era meglio smetterla, ma di tanto in tanto, mentre parlavano, gli veniva un sorrisino allegro che irritava Max, finché non iniziarono a parlare dei briganti.

«Max, mi è giunta notizia che la brigantessa Maria Maddalena De Lellis è divenuta il braccio destro di Cosimo Giordano, il capo di tutti i briganti del Matese, che ha formato un banda secondo le regole militari»

«È un disonore per un uomo come Cosimo Giordano, divenuto Carabiniere a cavallo nel corpo borbonico grazie anche alla sua costituzione fisica e che durante la battaglia del

Volturno venne premiato al grado di capitano da Francesco II delle Due Sicilie per il coraggio e l'impegno dimostrato. Dopo la guerra di Napoli venne accusato del furto di una valigia che conteneva 800 ducati. Successivamente è tornato nel suo paese natale, a Cerreto Sannita, dove fu protagonista di un tentativo di reazione legittimista quando alcuni contrabbandieri, incoraggiati da alcune voci secondo le quali delle truppe borboniche marciavano da Amorosi verso San Salvatore Telesino, assaltarono la locale stazione della guardia nazionale armandosi dei fucili e delle armi ivi presenti. Successivamente gli insorti costrinsero la banda musicale a seguirli sino alla piazza antistante la Cattedrale. Indotti dal vescovo Luigi Sodo a disperdersi, si ritrovarono davanti il palazzo di Giacinto Ciaburro che venne assaltato e saccheggiato poco dopo la fuga, tramite il giardino, della famiglia. Il vescovo Sodo venne però accusato di essere stato l'ideatore della rivolta, e a seguito dell'emissione di un mandato di cattura, fuggì a Napoli. I,l Vescovo, ritornato a casa, fu sospettato di favoreggiamento verso i briganti, e dovette scappare di nuovo. Per questa iniziativa reazionaria, Giordano fu arrestato per ben tre volte da Felice Stocchetti, 1º tenente della Legione del Matese, inviato per sedare i tumulti contro i piemontesi. Lo Stocchetti avrebbe dovuto procedere anche all'arresto del vescovo Luigi Sodo ma questi fuggì a Napoli. Il brigante, dopo l'ennesimo mandato di cattura, iniziò la sua latitanza sui Monti del Matese»[7].

---

[7] Wikipedia

«Max, dovremo rafforzare i nostri controlli e, se occorre, chiedere aiuto al Tenente Stocchetti»

«Non chiederò mai aiuto a quel tenente»

«Max, non essere geloso. Lo dici solo perché ha ballato con Rosy?»

«Luigi, non essere sciocco, non sono geloso, ho i miei uomini»

«Certo che hai i tuoi uomini, ma un occhio in più può essere d'aiuto, pensaci»

«Mi preoccupa più l'aiuto dei vari massari che li forniscono di cibo ed armi»

«I massari sono i peggiori. Non riconoscendo nessuna superiorità, vogliono comandare su tutto e tutti ed utilizzano i briganti per vincere le loro battaglie. Max, noi due ci siamo scontrati spesso con loro e come nobili del luogo siamo un problema questa gente, bisogna chiedere aiuto al tenente»

«Luigi, dopo il fidanzamento di Carlo e Alessia parleremo col tenente e cercheremo di trovare una soluzione al problema. Ora accantoniamo la questione e dedichiamoci ai preparativi per il fidanzamento»

Il resto della giornata lo trascorsero preparando il fidanzamento di Carlo ed Alessia.

Carlo aveva inviato un messaggio ai suoi genitori chiedendogli di partecipare al fidanzamento. Inviò una lettera allo zio in cui spiegava di aver compromesso la Contessa e di chiedere la sua approvazione nel sposarla, spiegandogli che una tale parentela avrebbe messo in buona luce il loro nome, essendo lei una cugina del re. Era certo che suo zio non gli avrebbe negato il suo consenso. Il giorno seguente ricevette due messaggi: uno da parte dei suoi genitori in cui si scusavano, ma la madre in quel periodo non si sentiva troppo bene e suo padre non voleva lasciarla sola, ma erano certi che i suoi zii avessero fatto le loro veci in modo da non vergognarsi del loro rango. Nell'altro suo zio gli concedeva la sua benedizione e gli chiedeva scusa, ma i preparativi per le nozze di sua cugina gli impedivano la partecipazione e lo autorizzava a far sì che suo zio facesse le sue veci.

Carlo non si stupì delle risposte, conosceva bene la salute cagionevole di sua madre, ma era certo che al suo matrimonio lei sarebbe stata presente.

LA FESTA DI FIDANZAMENTO.

Erano le sette di sera e in meno di un'ora la grande sala sarebbe stata invasa da tante persone. Rosy non era nelle condizioni di partecipare ad un ballo figuriamoci ad un fidanzamento. Il solo pensiero di vedere Max le faceva avvertire un dolore al petto.

Max si voltò in direzione della porta e vide Rosy e sua zia fare il loro ingresso nella sala. Sul volto della baronessa c'era un sorriso raggiante, mentre Rosy era scura in volto. Osservandola sentiva un calore salirgli dallo stomaco e circondargli tutto il corpo. Avrebbe voluto correre da lei e condurla in giardino per poter chiarire il malinteso del giorno prima, ma l'etichetta quella sera gli dava un comportamento da nobile e doveva attendere il momento opportuno per poter restare solo con lei.

Rosy guardava la sala affollata: c'erano aristocratici e borghesi, quelle festa di fidanzamento non era come quelle di Caserta dove c'erano solo aristocratici, nessuno dei suoi vecchi amici si sarebbe permesso d'invitare i borghesi ad una loro festa figuriamoci ad una di fidanzamento.

In lontananza vide un uomo in alta uniforme avvicinarsi: era il tenente Stocchetti che le sorrideva.

«Buonasera Baronessa le posso chiederle di concedermi il prossimo ballo?»

«Certo tenente, sarà un piacere».

Il tenente era simpatico e metteva di buon umore Rosy, era bello avere una persona che la distraesse dai suoi pensieri.

Max guardava da lontano Rosy col tenente. Una voce alle sue spalle gli disse:

«Devi proprio guardarli in quel modo Max?»

«Luigi, non mi ero reso conto di avere un'aria preoccupata»

«Direi di gelosia»

«Forse solo un po', ma stai tranquillo non mostrerò i miei sentimenti in pubblico»

«Ne sei certo Max?»

«Ti prometto che non farò sceneggiate di gelosia, non rovinerò il fidanzamento di mia sorella non me lo perdonerebbe mai»

«Max, neanche io».

Luigi lasciò Max e si diresse verso i suoi ospiti. Max si voltò verso Rosy e i loro sguardi s'incrociarono. Fu uno sbaglio per Rosy: il sorriso che illuminava il viso di Max addolciva i suoi lineamenti, lo rendeva ancora più attraente in quel completo blu. Lei sentiva il cuore pulsarle fino in gola. Fortunatamente il tenente la distrasse prima che una voce dentro di lei le dicesse di andare da lui. Max fu colto da un turbamento che non sfuggì a Rosy mentre si girava verso il tenente. Avrebbe tanto voluto rifugiarsi in camera e fare le valige per scappare via da lui, solo così avrebbe potuto tenere sotto controllo le sue emozioni.

Si ritrovò Max alle spalle senza rendersene conto finché il tenente non lo salutò.

«Buona sera signor Conte»

«Buona sera Tenente. Rosy mi concedi un minuto? Ho bisogno di chiederti un favore da parte di Alessia. Le dispiace Tenente se gliela rubo per un attimo?»

«Certo signor Conte, Baronessa ci vedremo tra pochi minuti per il nostro ballo»

«Rosy, vorrei incontrarti in giardino dopo il vostro ballo ho bisogno di parlarti»

«Da soli?»

«Sì da soli»

«Non credo sia il caso»

«Per favore, è importante».

Impaurita dai suoi sentimenti gli disse: «Purché sia in un luogo dove ci possano vedere tutti»

«Ti prometto che parleremo, non devi aver paura di me»

«Io non ho paura».

Lei aveva paura dei suoi sentimenti, questa volta non sarebbe riuscita a scappare lontano e avrebbe ceduto ai suoi baci.

«Va bene dopo il ballo ci vedremo in giardino».

Le danze iniziarono, il tenente pretese il suo ballo. Tuttavia, quando iniziò Rosy non ascoltava alcun commento del suo ballerino, era troppo agitata per l'incontro con Max, e il tenente le disse: «Baronessa, vi vedo turbata questa sera, posso aiutarla?»

«La ringrazio, è solo che non mi sento tanto bene, ma è il fidanzamento di mio cugino a cui per nulla al mondo sarei mancata»

«Ho compresso fin dal primo momento che li ho visti insieme che lui era innamorato di lei, un po' come il Conte che ha dei sentimenti nei vostri confronti».

Rosy arrossì ma cercò di rispondere.

«Vi sbagliate Tenente, io e il Conte non riusciamo a stare nella stessa stanza per più di cinque minuti senza litigare»

«Ne sono lieto. Mi scusi non lieto che litigate, ma che possa farle la corte. Non mi sarei mai permesso se fosse stata nelle grazie del Conte»

«Tenente, purtroppo mio padre ha già concesso la mia mano al Conte Brescia»

«Al Conte Brescia! Mi scusi, ma suo padre sa che razza di uomo è?»

«Non credo proprio, ma voi sì»

«Baronessa deve rifiutarsi è un mascalzone, ha violentato la figlia di un signore distinto di cui per rispetto non posso fare il nome, ed è scappato a Caserta»

«Le chiedo la cortesia di inviare un messaggio a mio padre per comunicargli l'accaduto»

«Baronessa, lo farò domani in giornata e nella mia lettere gli scriverò il nome del gentiluomo e di sua figlia se vorrà controllare»

«Tenente, lei mi ha salvato da un futuro orribile».

Rosy sorrise al Tenente e il suo sorriso di ringraziamento fu scambiato da Max per un sorriso d'amore.

Rosy cercò di non attirare l'attenzione mentre usciva fuori in giardino. In quel periodo dell'anno il giardino era bellissimo, le rose inglesi emanavano un meraviglioso profumo, ma lei era serena perché la lettera del Tenente le avrebbe impedito di sposare il Conte. Mentre respirava il profumo delle rose Max si avvicinò a lei.

«Rosy, hanno un buon profumo non è vero?»

La voce di Max la fece sussultare, nel voltarsi verso di lui quasi le venne un capogiro dall'emozione di sentire le sue parole. Era tutta la sera che la tensione le faceva provare le vertigini. Lui fu pronto a sorreggerla tra le braccia.

«Ti senti bene, vuoi stenderti?»

«Sto bene è solo un lieve capogiro»

«Sei bianca, forse è meglio rientrare»

«No ti prego, mi basta sedermi un minuto»

«D'accordo, c'è un posto isolato qui vicino ci sediamo finché non ti passa».

Il contatto col suo corpo l'agitava ancora di più, sentiva il suo cuore uscirle fuori dal petto, sperava solo che lui non si rendesse conto che a farla agitare in quel modo era lui.

Si sedettero sulla panchina, in un luogo isolato lontano da tutto e tutti. Lui le teneva le mani, lei alzò gli occhi e vide uno sguardo diverso dal solito, le sembrò di vedere un'ombra di preoccupazione.

Senza neanche accorgersene si ritrovò tra le sue braccia e lui la baciava. Quel bacio le trasmetteva passione, delusione e dolcezza. Un insieme di emozioni che la travolgevano, il contatto col suo corpo le procurava sensazioni piacevoli e incontrollabili. Stringendola a sé fece scivolare le sue mani lungo il suo corpo come se avesse paura che scomparisse. Non riusciva più a controllarsi, era un'emozione che gli rubava l'anima. Finché qualcuno non fece un colpo di tosse.

«Guarda chi si rivede!»

L'uomo si condusse una mano sul volto. Prima che Max potesse fare un qualsiasi movimento, un altro uomo puntò una pistola alla nuca di Rosy e gli disse:

«Signor Conte non fate nessun movimento brusco se tenete alla sua e alla vostra vita. Nessuno si farà del male, ora la Baronessa verrà con noi e quando avrete pagato il suo riscatto tornerà sana e salva»

«Non proprio sana e salva Filippo io e lei abbiamo un conto in sospeso».

L'uomo fece un sorriso malizioso che fece saltare i nervi a Max al solo pensiero che lui le mettesse le mani addosso. La sua reazione fece intervenire un terzo uomo che lo colpì dandogli un colpo sulla testa. Rosy urlò e le misero una mano sulla bocca. L'ultima immagine di Max fu di lei che veniva legata e tappata la bocca con della stoffa e poi il buio lo avvolse come due braccia forti che gli impedivano di respirare.

IL RAPIMENTO.

Lentamente aprì gli occhi: era confuso, la testa gli doleva forte, le palpebre faticavano a restare aperte.

Aveva lo stomaco sotto sopra, gli sembrava che un carro l'avesse investito. Provò a guardarsi intorno, la paura cresceva lentamente in lui. Iniziò a sudare freddo. Si alzò con gran fatica, sperava che i suoi passi lo guidassero verso la sala; gli sembrava di svoltare mille angoli fino a credere di essersi perso.

Finalmente entrò in sala, la musica, le danze, tutto gli girava intorno come una trottola. Finalmente intravide Luigi, a gran fatica corse verso di lui.

«Luigi, Rosy è stata rapita!»

La paura lo colpì come un fulmine, la sua Rosy era stata rapita! Per la prima volta da quando aveva ripreso i sensi comprese la gravità della situazione, sentì un colpo al petto, quasi non riusciva a respirare. Doveva trovarla, doveva raggiungerli e salvarla.

La voce di Luigi lo strappò dai suoi pensieri.

«Max, dov'è Rosy, chi l'ha rapita?»

«Eravamo in giardino ed i briganti ci hanno assalito, è tutta colpa mia non dovevo chiederle di venire in giardino con me. Devo trovarli ed in fretta»

«Max, tu resti qui, quasi non ti reggi in piedi chiederò al tenente di aiutarci. Inizieremo subito le ricerche»

«Luigi, io devo trovarla»

«Max, non insistere ci saresti solo d'intralcio, stai tranquillo la ritroveremo».

Senza ascoltare altre proteste da parte di Max, Luigi, Carlo e il Tenente uscirono dalla sala in cerca di Rosy. Max non era il tipo da restare in disparte e il solo pensiero che quel tenente salvasse la sua Rosy gli fece ribollire il sangue nelle vene.

Mentre sua sorella confortava la baronessa, lui sgattaiolò fuori dalla sala. Lentamente si diresse verso il suo palazzo per prendere il mantello, del cibo e il suo cavallo.

Max seguì la pista che avevano lasciato i briganti. Iniziava a piovere e lentamente le tracce stavano scomparendo verso il sentiero che conduce ai monti Matese. Per quando il sentiero fosse invisibile a chi non lo conosceva, Max non l'aveva perso, era consapevole che fosse l'unica strada sicura che conducesse alla macchia. Il buio aveva avvolto tutta la montagna, la pioggia scendeva a valanga e il suo cavallo faticava a seguire il sentiero, doveva trovare un riparo ed attendere il giorno per proseguire le ricerche, era certo che anche i briganti si erano fermati per la notte prima di proseguire per la macchia.

Finalmente i briganti si erano fermati al riparo, Rosy era fradicia e gelida, non percepiva più le mani dal freddo e dalla corda. La fecero scendere dal cavallo e la condussero in una grotta, accesero un fuoco e la fecero sedere vicino al fuoco. Uno dei briganti gli diede una coperta calda e le disse:

«Togliti quei vestiti ed indossa questi».

Rosy in un primo momento avrebbe voluto urlare e dirgli che stava bene con i suoi vestiti, ma il freddo nelle ossa e l'area minacciosa del brigante la fece desistere. Avvolta intorno alla coperta cercò di togliere i vestiti bagnati, ma non fu facile e la sua difficoltà fu notata dal brigante che le si avvicinò ed estrasse il coltello, le tolse la coperta e tagliò i lacci del vestito, lasciando Rosy in biancheria intima.

Uno dei briganti che l'aveva rapita si avvicinò a lei con aria minacciosa.

«Tesoro noi abbiamo un conto in sospeso...»

«Non toccarmi»

«Giovanni tieni le mani a posto se non vuoi trovarti monco»

«Capo, cosa importa se mi diverto un po' con lei, l'importante è avere il riscatto e consegnarla viva. Avresti dovuto vedere come si strofinava col conte, uno in più cosa cambia!»

«Cambia porco! Non sei il mio tipo e io non mi sono strofinata con nessuno».

Rosy cercò di schiaffeggiarlo ma l'uomo le prese la mano prima che lei potesse colpirlo, la sua forza bruta la fece inginocchiare ai suoi piedi, per fortuna che il capo dei briganti estrasse la frustra e lo colpì sul braccio permettendole di liberarsi e raccogliere i vestiti e rifugiarsi in un angolo buio e vestirsi.

«Giovanni, è l'ultimo avvertimento. Se la sfiori con un solo dito ti ritroverai morto. Tu milady non provocarlo altrimenti proverai la mia frusta».

Rosy ascoltò il consiglio del capo che le disse di riposare vicino al fuoco, alle prime luci dell'alba sarebbero ripartiti, anche con la pioggia.

Stanca e stremata si addormentò.

Alle prime luci dell'alba, Max riprese il sentiero che conduceva alla macchia.

All'improvviso la pioggia calò fino a cessare nel giro di pochi minuti, la temperatura leggermente iniziava ad alzarsi, man mano che procedeva la vegetazione si era fatta sempre più fitta. Il suo cavallo scivolava a causa della pioggia della notte precedente, fu costretto a proseguire a piedi. Erano trascorse molte ore, non sapeva quante, fu nuovamente colto dal panico per la paura di non riuscire a trovarla.

Poi finalmente scoprì di essersi allarmato per nulla: vide delle orme che provenivano da una grotta e si avvicinò silenziosamente, non c'era nessuno. Il fuoco all'interno della grotta era spento da qualche ora. Qualcosa attrasse la sua attenzione: in un angola della grotta c'era il vestito di Rosy, lo prese tra le mani e notò il taglio dei lacci con un coltello, sentì un urlo di rabbia provenirgli da dentro al solo pensiero che un brigante l'avesse toccata. Scagliò il vestito sul fuoco e riprese le indagini col cuore spezzato.

Si manteneva in sella per forza di volontà e con un unico pensiero in mente: avrebbe ammazzato tutti i briganti per aver solo sfiorato la sua Rosy.

Finalmente dopo ore riuscì ad intravedere il gruppo dei briganti, si dirigevano verso il lago allontanandosi dal sentiero. Max si soffermò per un istante ad ammirare il lago naturale. La sua lunghezza è variabile in seguito allo scioglimento delle nevi, si allunga anche a 5 km e a 900 metri in larghezza, e fino a 12 metri in profondità. Le sorgenti che lo alimentano stanno sulla sponda settentrionale (Sorgente del Ritorto, risorgenza dell'Essere presso l'isolotto di Monterone, sorgenti di s. Maria, e altre temporanee; sul versante Sud, piccole sorgenti del Lampazzéllo[8].

Ormai sera, proseguiva in direzione del pozzo, vide in lontananza alcune torce che tremolarono in distanza. Erano case di pastori sparse, forse il covo dei briganti. Si dirigeva dritto verso le luci, intravide Rosy. Non riflettendo sul da farsi, si fece prendere dalla furia senza comprendere il pericolo cui andava incontro. Ed era sicuramente troppo furioso per usare il buon senso.

Così, in condizioni di totale impotenza, accecato dalla rabbia, non intravide i due briganti che silenziosamente si avvicinavano alle spalle.

---

[8] La *Guida del Medio Volturno* di Dante B. Marrocco

Un lieve rumore fece comprendere a Max di non essere solo. Prese nota mentalmente delle armi dei suoi nemici, un pugnale, una spada, si tuffò su uno dei briganti, rotolandosi con lui in discesa, finché non riuscì a fermare la caduta. Rimessosi velocemente in piedi, si trovò di fronte l'altro brigante, un uomo grande e grosso, cercò di colpirlo, ma sembrava che i suoi colpi andassero a vuoto. Il gigante lo colpì con un pugno che gli fece perdere l'equilibrio.

Era pronto a respingerlo, non indietreggiò di un passo, aveva deciso che con un bestione del genere la miglior difesa era quella di spostarsi all'ultimo minuto. Ma la sua tattica non funzionò a causa della lama premuta contro la sua schiena che perforò il mantello fino sentirla nella sua spalla.

Il brigante sghignazzava felice.

«Signor Conte, è un piacere rivederla dopo così poco tempo».

Max riconobbe la voce del brigante, era lo stesso che lo aveva colpito nel giardino.

«Non posso dire di ricambiare il piacere, dov'è Rosy?»

«La baronessa le sta a cuore, non è vero? Hai controllato che non ci siano soldati in zona?»

«Stai tranquillo Giovanni, è da solo. Andiamo dal capo, deciderà cosa farne di lui»

«Il capo, quella stupida femminuccia»

«Giovanni, non parlare così del capo»

«Io parlo come mi pare, è solo una donnetta»

«Giovanni...»

Giovanni non aveva sentito i passi del capo dietro di lui. Per quanto lui la considerasse solo una donna, sapeva che era la donna del capo e che aveva egual diritti di comandare sui briganti. Ingoiò la saliva e si voltò verso di lei.

«Capo...»

«Hai qualcosa da dirmi?»

«Io, no.... Parlavamo della prigioniera. Vero Ettore?»

«Certo capo».

Tutti sembravano aver dimenticato Max, che senza pensare alle conseguenze iniziò a provocare il brigante.

«Giovanni perché non racconti al capo com'è bello eseguire i suoi ordini?»

«Sta zitto...»

«Giovanni, di cosa parla il conte?»

«Capo, vuole solo metterci l'uno contro l'altro, non è vero Ettore?»

«Certo»

«Giovanni ti piace essere comandato da una do...»

Max non riuscii a terminare la frase, Giovanni l'aveva colpito allo stomaco col calcio della pistola, lasciandolo senza fiato.

«Ora basta Giovanni, conduci il conte in casa e chiudilo con la baronessa»

«Con la baronessa!»

«Sei forse divenuto sordo? Ettore controlla se ci sono soldati in giro. Muovetevi»

Ettore scomparve in un attimo e Giovanni, brontolando, conducesse il conte nella baracca dove era rinchiusa la baronessa, seguito dal capo.

Rosy era seduta in un angolo, aveva un po' di freddo, il cuore le batteva forte dalla paura. All'improvviso la porta si aprii e vide i due briganti e Max trascinato da uno dei due, un urlo di terrore le uscii dalle labbra.

«Maxxxxxxxxx»

«Stai tranquilla sto bene».

Giovanni scaraventò Max ai piedi di Rosy che subito s'inginocchiò per accudirlo ed assicurarsi che non avesse ferite.

Il capo ordinò a Giovanni di lasciarli soli e di raggiungere Ettore per controllare i dintorni del campo.

Rosy non capii il motivo ma era certa che quell'uomo non avrebbe permesso a nessuno di farle del male.

«Max, stai bene?»

«Sì sto bene».

Max controllò la baracca per cercare una via di fuga, ma per quando sembrasse cadente era una vera prigione. Era arredata in modo essenziale, un tavolo con due sedie, un letto con una coperta, ed un stufa per riscaldare durante le gelide notti invernali. Non c'erano finestre, l'unica via di uscita era la porta che era stata sprangata dall'esterno prima di lasciarli soli.

La candela sul tavolo era l'unica cosa confortevole in tutta la stanza. Vide Rosy tremare, anche se non c'era freddo decise di accendere un bel fuoco.

Il fuoco finalmente era acceso. Nella stanza iniziò a sentirsi un dolce tepore che riscaldò l'anima di Rosy. Max la invitò ad avvicinarsi alla stufa, poi prese le due sedie e si sedettero di fronte alla stufa. Max rimase in silenzio, c'era una domanda che continuava a martellargli in testa da quando aveva scoperto i suoi vestiti nella caverna.

Quel silenzio per Rosy sembrava una lama che le trafiggeva il corpo in due. All'improvviso una musica accompagnata da canto mise fine a quel silenzio tombale.

Il canto parlava dei briganti, Rosy ascoltava la canzone. Quelle parole entrarono nella sua anima.

Molti si illusero di poterci usare per le rivoluzioni, le loro rivoluzioni, ma la libertà non è cambiare padrone, non è parola vana e astratta. È dire senza timore: "È mio" e sentire forte il "mio", e sentire forte il possesso di qualcosa a cominciare dall'anima, è vivere di ciò che si ama, vento forte ed impetuoso, che in ogni generazione rinasce. Così è stato e così sempre sarà[9].

---

[9] Canto di Carmine Crocco.

I canti dei briganti presero un ritmo più allegro, con risa e baldoria.

La situazione tra Max e Rosy non era migliorata, anzi era gelida come la notte trascorsa al freddo sotto la pioggia.

Max era consapevole che quella sarebbe stata la peggior notte della sua vita, il dubbio lo stava divorando, era quasi un'ora che cercava le parole giuste per poter formulare a Rosy quella domanda che avrebbe cambiato per sempre la sua vita. Come poteva osare chiederle se qualcuno di quei briganti avesse approfittato di lei?

Rosy si alzò stanca della barriera che Max aveva alzato tra di loro, ormai la notte era arrivata, il sonno e la stanchezza anche. Decise di alzarsi e distendersi sul letto per riposare un po', finalmente poteva dormire tranquilla perché c'era Max a fare la guardia, la notte precedente non aveva chiuso occhio malgrado il capo dei briganti l'avesse protetta, ma lei non si era fidata ed aveva fatto finta di dormire.

«Cosa diavolo state facendo?»

«Vado a dormire, non ho intenzione di passare la notte su quella sedia, sono stanca e voglio dormire»

«Dormire!»

«Certo dormire, cosa credete che voglia...»

Rosy non terminò la frase, avvampò tutta. Distolse lo sguardo e si voltò di spalle. Max a quella risposta si sentii tutto un fuoco, come se i dubbi che l'avevano intrattenuto fino ad un secondo prima non fossero mai esistiti, in lui nacque un pensiero folle.

Una parte di lui stava andando a fuoco. Max si era avvicinato a lei, erano ormai l'uno contro l'altro il suo petto era contro la sua schiena. Come per istinto Max le si avvicinò fino a stringerla tra le braccia, respirava il profumo del suo corpo, quel contatto fece rilassare Rosy, la girò verso di lui, la sua bocca cercava quella di lei, la sentii cedere sotto i suoi baci. Rosy stava sprofondando in un mare di sensazioni. Max la prese tra le braccia e la depositò sul letto, le tolse lentamente tutti quei vestiti da brigante, per un istante Max si soffermò a guardare il corpo nudo di Rosy, era bellissimo, un bocciolo di rosa. Si spogliò ed iniziò a baciarle tutto il corpo. Max accarezzava i suoi seni, li succhiava, lei ansimò sotto le sue carezze, mentre le sue mai esplodevano il corpo di lui, scoprendo una pelle liscia sotto le proprie mani. Il corpo di Rosy aveva raggiunto il limite della sopportazione, lei lo desiderava, gli affondò le dita tra i capelli, inarcò la schiena. Max comprese, le sue labbra tornarono su quelle di lei, lentamente penetrò in lei. Si ritrovò una barriera stretta che infranse, provocando un dolore in lei, la sentii irrigidirsi. Lei lo guardò e lui con lo sguardo la tranquillizzò, la baciò, iniziò dolcemente a ritmare dentro di lei, il viso di lei si riempii di piacere ed insieme raggiunsero la soglia dell'estasi, Max per la prima volta in vita sua si sentii sopraffatto dall'orgasmo più travolgente che avesse mai provato in vita sua. Restarono per un po' di tempo l'uno dentro l'altro, ascoltando i loro cuori battere al ritmo della passione.

Una volta distaccati, Rosy si sentii sopraffatta dai sensi di colpa, come aveva potuto permettergli di fare l'amore con lei! Non aveva mai immaginato che una simile passione potessero condurla in un tunnel senza ritorno. Lui aveva detto chiaro e tondo a suo zio che non l'avrebbe mai sposata ed ora era rovinata per sempre.

Max non riusciva a smettere di pensarci, lei non era stata toccata da nessun brigante, era vergine, pura. Era stato il primo uomo nella sua vita. Solo il pensiero di essere stato il suo primo uomo lo fece eccitare al punto di volerla possedere ancora una volta. Doveva parlare con lei, doveva dirle che prima del rapimento voleva chiederle di sposarla, ma Rosy lo aveva battuto sul tempo.

«Max, non devi sentirti obbligato a far nulla, io sono già promessa al conte Brescia, per me non cambierà nulla».

Max si rizzò, era viola dalla rabbia, quelle parole lo avevano ferito profondamente, la fulminava con lo sguardo. Senza una parola si infilò i pantaloni in silenzio, lei lo guardava vestirsi e dentro di lei si sentiva travolgere da una passione al solo vederlo nudo mentre si rivestiva, per un attimo ebbe la sensazione che il suo respiro si fosse fermato.

Max si voltò ancora una volta verso di lei e le disse col tono di voce disgustoso:

«Rivestitevi, cercheremo di fuggire, i banditi di certo saranno ubriachi e noi ne approfitteremo per prendere un cavallo e fuggire via».

Rosy si rivestì in fretta, ormai l'atmosfera magica era stata interrotta, con rabbia Max iniziò a dare colpi alla porta, i cardini della porta pian piano iniziarono a cedere, prese il pezzo di ferro che aveva usato per la stufa ed iniziò a scassinare i cardini, dopo circa un'ora erano fuori dalla capanna.

In breve si ritrovarono tra i boschi in cerca del cavallo del conte, un uomo era di guardia ad un recinto, il conte disse a Rosy di restare ferma ed in silenzio.

Max aggirò il brigante, silenziosamente lo colpì con un sasso alla testa, prese il suo cavallo ed un altro per Rosy e liberò tutti gli altri, si voltò verso di lei e le fece segno di raggiungerlo.

Due ore dopo sulla strada di ritorno, incontrarono Luigi e il tenente.

«Rosy, tesoro stai bene?»

«Sì zio sto bene, voglio solo tornare a casa»

«Max, sei un testardo non ascolti mai. Comunque ti devo ringraziare per averla liberata»

«Luigi a due ora da qui, in direzione del pozzo, c'è il campo dei briganti, un gruppo di baracche, c'è anche uno dei loro capi, Maria Maddalena De Lellis»

«Il loro capo era una donna?»

«Non hai compreso che fosse una donna?»

«No, pensavo che fosse un uomo. Ecco perché mi ha difesa quando quel brigante...»

Rosy non terminò la frase e suo zio, Max e il tenente la guardarono con sguardi tra il curioso e la rabbia.

Al solo pensiero che l'avessero sfiorata una rabbia s'impadronì di Max.

«Difesa da chi...»

«Non ha importanza, ormai è passato»

«Certo che ha importanza, lascia che siano gli uomini a decidere se sia importante o no»

«Certo, io sono donnetta e non comprendo, ma sappi che comprendo benissimo, hanno più rispetto delle donne i briganti che voi stupidi nobili viziati»

«Se ti piacevano così tanto avresti potuto dirlo prima, ti avrei lasciato con loro»

«Forse hai ragione, meglio restare con loro che con te»

«Ragazzi ora basta non è il momento di litigare. Max accompagnala a casa io e il tenente andremo in cerca dei briganti»

«No, Luigi accompagnala tu a casa io conduco il tenente al campo»

«Max, non essere sciocco, siete stanchi e stremati dalla situazione, avete bisogno entrambi di riposo»

«Zio, posso benissimo andare a casa da sola»

«Certo, dopo mi tocca di nuovo andare a cercarti»

«Chi ti ha chiesto aiuto?»

«Ora basta!»

La voce del tenente arrivò come una doccia fredda.

«Voi civili rientrerete a casa e dei briganti ci occuperemo noi e questo è un ordine. Alcieri»

«Comandi tenente»

«Conduca il barone, il conte e la baronessa a casa»

Max, Luigi e Rosy, furono condotti a palazzo dal soldato Alcieri. Durante il tragitto Max e Rosy non si rivolsero la parola. Luigi cercò di tanto in tanto di chiedere informazioni sul suo rapimento e di come Max era riuscito a liberarla, ma ci furono solo mezze risposte e alla fine si arrese anche lui al silenzio del viaggio.

Arrivati al palazzo a Rosy l'attendeva un'amara sorpresa.

«Anna, Anna!»

«Luigi! Rosy piccola mia, sei sana e salva».

Delle lacrime di felicità scesero dal volto di sua zia. Una voce familiare la fece voltare verso l'uomo che aveva pronunciato il suo nome.

«Padre!»

«Rosy, sono lieto che tu sia sana e salva, eravamo tutti preoccupati. Come sei riuscita a scappare dai briganti?»

«Padre, è stato il conte Max a liberarmi dai briganti»

«Conte, vi sono debitore per mia figlia, qualunque cosa voi mi chiederete, vi do la mia parola di gentiluomo che la onorerò

«Bene, barone a dire la verità c'è una cosa che volevo chiederle»

«Bene, conte non abbiate timore, ho dato la mia parola»

«Le chiedo di rompere il contratto di matrimonio di sua figlia col conte Brescia»

«Rompere il contratto?»

«Sì rompere il contratto, il conte Brescia è un malvivente, vi do la mia parola di cugino del re che quell'uomo distruggerà vostra figlia e la vostra reputazione»

«Vi credo, conte. Mia sorella mi ha già informato delle malefatte del conte Brescia, ed ho inviato un messaggio al conte in cui lo informo della rottura del fidanzamento con mia figlia spiegandogli i motivi, non ho scritto al conte che tutti i nobili di Caserta saranno informati sul suo conto»

«Vi ringrazio barone»

«Conte, perché tanto interesse per il futuro di mia figlia?»

«Padre!»

«Rosy, nessun uomo chiede un favore del genere senza avere un minimo d'interesse per la fanciulla contesa»

«Padre! Il conte voleva solo impedire che nessun altra donna fosse maltrattata come sua sorella. Fidatevi di me il conte non ha alcun interesse per me. Io e lui non potremmo vivere sotto lo stesso tetto non più di cinque minuti senza litigare, se mi ha salvato l'ha fatto solo per l'amicizia che ha per lo zio.»

«Piccola mia, io non credo che un uomo rischi la propria vita per amicizia»

«Caro cognato, Max non è un uomo come tutti gli altri, è un uomo d'onore»

«Scusate se intervengo, state parlando del mio futuro e vorrei poter dire ciò che penso».

Max non riuscii a terminare la frase a causa dell'intervento tempestivo di Rosy.

«Padre, io non voglio sposare il conte e nessun altro preferisco prendere i voti piuttosto»

«Se è ciò che vuoi, prenderai i voti»

«Sì padre è ciò che voglio, ti chiedo solo di permettermi di vivere con la zia fino al matrimonio di Carlo, il giorno seguente io entrerò nel convento delle suore Benedettine»

«Fratello, ti prego rifletti in questo periodo. Rosy è impulsiva lo sappiamo, ma non è giusto farle prendere i voti, sono certa che c'è un gentiluomo disposta a sposarla»

«Cara sorella, io sono stanco di cercarle marito, sono stanco di mettere la mia reputazione in discussione per i capricci di mia figlia, per la prima volta noi due ci troviamo d'accordo, lei prenderà i voti dopo il matrimonio di Carlo a settembre»

«Fratello, ti prego non farlo»

«Anna, io non sono nostro padre, l'argomento è chiuso. Ora vado a riposare che domani mi attende un lungo viaggio. Buona serata a tutti»

«Rosy!»

«Zia stai tranquilla è meglio per tutti, scusami ora ho bisogno di bagno caldo e di andare a letto. Max, grazie di tutto».

Rosy lasciò la stanza, Max era combattuto tra andar via e correrle dietro ed abbracciarla forte. Non riusciva a comprendere il perché lei non lo volesse sposare eppure avevano fatto l'amore con una tale passione, al solo pensiero del suo corpo nudo tra le sue braccia ebbe un brivido di piacere. Per fortuna Luigi lo condusse alla realtà.

«Max, perché non le chiedi di sposarla, tu l'ami!»

«Luigi non hai ascoltato lei non vuole sposarmi, preferisce farsi suora. Ora scusatemi rientrò a palazzo, mia sorella sarà in pensiero. Buona serata»

«Luigi, dobbiamo aiutarla ti prego»

«Anna stai tranquilla, troveremo una soluzione. Ora andiamo a riposare, un buon sonno porta giudizio».

Rosy era seduta con le gambe incrociate sul letto. La luce della candela emanava un po' di calore, si guardava intorno pensando che quella stanza che negli ultimi mesi l'aveva cullata e protetta sarebbe stata solo un lontano ricordo. Era come se quella stanza fosse viva e potesse parlare di lei.

Sul suo viso lacrime di dolore scesero silenziose. Non comprendeva i suoi genitori freddi e distanti. Ma soprattutto non comprendeva Max. Era consapevole che l'amore fa male, ed ha un potere infinito sugli esseri umani al punto di cambiare la loro vita per sempre. Il suo amore per Max era doloroso, era quel genere di dolore insopportabile che ti stringe il cuore in un pugno, ma non ne poteva fare a meno.

Si addormentò piangendo, durante la notte sognò la sua notte d'amore con Max, sognò la cella fredda e gelida del convento e lei che moriva da sola per amore.

Si svegliò di soprassalto con l'ansia, quasi non respirava. Lentamente si guardò in torno e riconobbe la sua camera calda e confortante, fece un respiro di sollievo.

Chiuse gli occhi per un istante e si rivide tra le braccia di Max. Lacrime scivolavano silenziose sul suo viso. Si asciugò gli occhi, ormai era deciso, a settembre avrebbe preso i voti e niente e nessuno poteva cambiare questa realtà. Si promise che questi ultimi giorni di libertà l'avrebbe passati preparando il matrimonio del suo amato cugino.

I giorni trascorrevano velocemente. Ogni volta che Max e Rosy erano costretti a ritrovarsi nella stessa stanza tra loro c'erano solo parole di convenienza. Malgrado entrambi soffrissero per amore, nessuno dei due rinunciava al proprio orgoglio. Loro familiari più volte avevano cercato di convincere i due giovani ad ammettere i loro sentimenti, ma da entrambe le parti avevano trovato una barriera indistruttibile, alla fine a malincuore si arresero all'evidenza.

IL MATRIMONIO.

Ormai mancava una settimana alle nozze. Negli ultimi tempi Rosy si era alzata spesso col vomito, aveva collegato il suo stato alla prossima partenza per il convento. Un giorno erano tutti seduti in salotto, discutevano gli ultimi preparativi per il matrimonio di Carlo e Alessia, Rosy guardava fuori dalla finestra, quasi non percepiva il suono delle loro parole quel giorno si sentiva più male del solito, non era riuscita neanche a mangiare un boccone. Assolta nei suoi pensieri non aveva sentito avvicinare Max.

«Rosy, ti senti bene sei pallida come un fantasma»

«Ti ringrazio sto bene, ho solo un po' di vomito, in quest'ultimo periodo non mi sento tanto bene, ma passerà»

«Forse sarebbe meglio che il nostro medico ti visitasse»

«Ti ringrazio, ma non credo di averne bisogno, anche gli zii mi hanno consigliato di farmi vedere, ma il mio è solo un malanno passeggero, forse ho mangiato qualcosa che mi ha fatto male. Ora se vuoi scusarmi vado in camera mia a distendermi»

Mentre si congedava da Max per andare in camera sua, la stanza iniziò a girarle intorno, non fece in tempo a chiedere aiuto che perse i sensi. Max l'afferrò giusto in tempo, la prese tra le braccia e la distese sul divano.

«Luigi invia Antonio a chiamare il medico»

«Rosy, tesoro!»

«Anna, da quanti giorni è in questo stato?»

«Da una settimana, non mi ha permesso di chiamare il medico»

«Dovevi obbligarla, guarda com'è bianca! Antonio è andata a chiamare il medico, ma quanto ci impiega?»

«Max, stai tranquillo, dargli il tempo di arrivare, sono certa che sia solo un malumore, ricorda che dopo il nostro matrimonio sarà costretta a prendere i voti, nessuno donna vorrebbe entrare in convento!»

«C'è sempre una soluzione, se solo non fosse cosi testarda»

«Max, conducila in camera sua».

Max fu costretto ad uscire fuori dalla stanza, mentre Anna ed Alessia spogliavano Rosy, aveva il cuore agitato, la testa gli scoppiava al solo pensiero che potesse morire. Si sentiva inutile, non poteva far nulla per aiutarla. Percorse il corridoio mille volte quasi a consumarlo. Luigi non l'aveva mai visto così agitato. Finalmente il medico arrivò.

«Dottore...»

«Signor conte stia tranquillo, mi dia il tempo di visitarla, vi prego uscite tutti fuori»

Prese i sali dalla borsa ed iniziò a farli respirare a Rosy che piano piano iniziò ad aprire gli occhi.

«Cosa è successo, dove mi trovo?»

«Baronessa, sono il dottor Giorgi il medico di famiglia, ha perso i sensi per quasi mezz'ora, ora la visiterò e le farò alcune domande».

Il dottore la visitò scrupolosamente, una volta terminata la visita le chiese:

«Baronessa, le devo fare una domanda molto delicata, la prego di rispondermi con sincerità, le garantisco che qualunque sia la risposta resterà tra me e lei».

Rosy acconsentì con la testa ed attese che il medico le facesse la domanda.

«Lei ha mai subito violenze?»

«No dottore»

«Ha avuto un rapporto con un uomo?»

Rosy avvertì una scossa per tutto il corpo, non avrebbe mai pensato di essere in stato interessante. Il vomito, la nausea, le vertigini erano tutte dovute al suo stato. Istintivamente si portò la mano sul ventre. Il gesto fece tranquillizzare il medico e allo stesso tempo lo fece agitare. Una nobildonna in stato interessante era un vero scandalo per la società, sia lei che il bambino sarebbe stati emarginati perché senza un padre. Respirò profondamente e le disse:

«Baronessa, dovrebbe comunicarlo al padre del bambino. È solo agli inizi, potrebbe sposarsi subito in modo che non ci sia uno scandalo»

«Dottore, non sarebbe giusto che il padre di mio figlio mi sposasse solo per evitare che il mio nome venga infangato. Lei non dovrà mai dirlo a nessuno. La prego mi aiuti a scomparire per sempre»

«Baronessa, la cosa giusta sarebbe che lei lo comunicasse al padre di suo figlio. Lei lo ama»

«Si, da morire ed è proprio per questo che non posso condannarlo a sposarmi, lui ha detto chiaramente che non mi avrebbe mai sposato»

«Ma lui l'ha disonorata!»

«Dottore, sapevo a cosa andassi incontro, ma al cuore non si comanda, la prego mi aiuti».

Il medico respirò profondamente e le disse:

«C'è una famiglia di contadini vivono in un paese non lontano da qui, finché non nascerà il bambino resterà nascosta, mi dia tempo un paio di giorni per organizzare tutto»

«Dottore può farlo dopo il matrimonio di mio cugino, per favore»

«Va bene, la settimana prossima lei scomparirà per sempre».

Fuori dalla porta Max ormai era agitatissimo, aveva lucidato il pavimento a furia di camminare avanti e indietro, finalmente la porta si aprì.

«Dottore come sta?»

«Sta benissimo, ha solo avuto un crollo emotivo, tra qualche giorno starà bene. Passerò tra qualche giorno per controllarla. Vi chiedo di lasciarla riposare».

Ci fu un sospiro di sospiro di sollievo, a Max gli sembrò come se gli avessero tolto un grosso macigno dallo stomaco. Ascoltando il consiglio del medico tutti lasciarono l'ingresso della stanza. Max fece finta di uscire in giardino, ma silenziosamente si diresse verso la sua stanza. La porta della camera di Rosy si aprii. Rosy lo vide in piedi sulla porta, sentii come se avesse ricevuto un pugno allo stomaco ed avvertì un forte senso di nausea.

«Scusami l'intrusione, volevo solo sapere se ti senti meglio»

«Ti ringrazio, mi sento un po' meglio».

Rosy aveva un'espressione malinconica. Sarebbe dovuto uscire subito fuori dalla camera, sapeva che non era corretto nei suoi confronti e nei confronti dei suoi ospiti. Non aveva voglia di lasciarla subito, il suo corpo sapeva il perché, attendeva un gesto da lei per alleviare lo stato in cui si trovava. Rimase in silenzio a lungo e l'aria tra loro si fece sempre più pesante, come se entrambi avessero voluto parlare, ma senza trovare nulla da dire.

«Bene, sono lieto che ti senta meglio, ora forse è meglio che vada, ci vedremo per il matrimonio. Riposati».

Avrebbe voluto abbracciarla e dirle di non preoccuparsi. Il giorno seguente al matrimonio di sua sorella, lui avrebbe richiesto un colloquio privato col barone per chiederle la sua mano e nel giro di un mese lei sarebbe divenuta sua moglie, al solo pensiero sentii un brivido per tutto il corpo. Non voleva agitarla e se lei si fosse rifiutata lui l'avrebbe obbligata a sposarlo, neanche lei si sarebbe potuta rifiutare al volere del re delle due Sicilie. Si chiuse la porta alle spalle, era quasi felice. Rosy si portò le mani sul grembo e pianse dalla disperazione.

A metà settimana il dottore si presentò a farle visita, le comunicò di aver trovato una famiglia di sua fiducia a San Gregorio. Il piano consisteva nel fuggire il giorno del matrimonio, tutti sarebbero stati troppo impegnati nei festeggiamenti per notare la sua assenza. Il dottore le comunicò di non prendere nessun abbigliamento, lei non sarebbe più stata una baronessa, ma una figlia di contadini. Doveva rinunciare non solo al suo titolo ma anche al suo nome, da quel giorno in poi lei si sarebbe chiamata Giovanna.

Una volta rimasta sola pianse disperata, ma in cuor suo sapeva che quella era la scelta giusta. Il giorno in cui si era sentita male aveva sperato che Max le dicesse la frase che tanto desiderava, ma invece lui era stato formale nonostante ciò che di importante era avvenuto tra di loro, quella notte di poco tempo prima. Era tutto reale, ne aveva il frutto dentro di lei. Per un istante le sembrò di sentirlo e solo quella piccola sensazione le diede una forza incredibile, con o senza di lui, lei avrebbe avuto suo figlio.

La chiesa di Santa Maria Maggiore era bellissima e piena di fiori. Carlo era agitato.

L'organo iniziò a suonare un dolce Ave Maria, Max accompagnò Alessia sull'altare, orgoglioso di lei.

Alessia era bellissima; il suo abito era di seta pura con perle, il corpetto era agganciato sulla schiena con lacci ben stretti e intrecciati, con bottoni di stoffa verticali, tondi e bombati. La gonna era ampia e larga, vaporosa e sontuosa in modo da creare vaste circonferenze nei movimenti. I ricami si concentrano sul bustino, il soffice velo le copriva il viso emozionato. Max la consegnò a Carlo con un bacio di benedizione per gli sposi.

Carlo le alzò il velo, che cadde sulle sue spalle come un candido tappeto di neve che ricopre la terra nelle gelide giornate d'inverno lasciando un non so che di magico. Per un istante gli sguardi di Rosy e Max si incrociarono. Rosy aveva un vestito verde di seta e pizzi, con elaborata acconciatura, lunghi guanti neri e una generosa scollatura che metteva in risalto il suo decolté. Era bellissima, Max non l'aveva mai vista così bella. Terminata la cerimonia ci fu il banchetto nuziale, accompagnato dai balli.

Rosy concesse il suo primo ballo al giovane tenente, rendendo furioso Max, che la vedeva sorridere e ridere alle parole di lui. Avrebbe sfidato volentieri il tenente a duello in quel momento, ma per fortuna la ragione prevalse sull'impulso.

Una volta terminato il ballo, Max si avvicinò a Rosy, le chiese di danzare, si lasciò cullare dalle dolci note, le sue braccia intorno al suo corpo al ritmo del valzer le fecero girare la testa, mille emozioni intratteneva il suo cuore e un dolore forte la fece sussultare, al punto che Max si fermò di colpo.

«State bene, volete fermarvi?»

«No grazie è stato solo un lieve capogiro, non sono del tutto guarita, ma tra qualche giorno sarò di nuovo in forma»

«Bene, ne sono lieto. Ho visto i vostri genitori, sono felice del matrimonio di vostro cugino con mia sorella?»

«Sono felicissimi, per mio padre è un onore che il suo erede abbia contratto matrimonio con la cugina del re. Ciò che non potrà dire della sua unica figlia»

«Non dovete prendere i voti»

«Non ho scelta, mio padre non mi permetterà mai di essere libera di scegliere, ma ormai è tutto programmato»

«C'è sempre scelta Rosy»

«Non per me».

Su quella frase il ballo terminò e Rosy, prima di congedarsi da Max, gli disse:

«Abbiamo avuto opinioni diverse noi due, ma anche momenti belli. Ti auguro di incontrare una donna e di vivere felice»

Senza dargli il tempo di rispondere corse via. Max le corse dietro e la chiamò:

«Rosy, aspetta per favore»

«Max, io sarò felice».

Voleva un ultimo ricordo di lui, non poteva andar via senza un ultimo bacio.

Per un lungo attimo, Rosy restò senza respirare, Max si chinò su di lei, premendola col proprio corpo contro il muro, la sua bocca cercò la sua.

Rosy fu scossa da un desiderio incontrollabile, per lunghi istanti assaporò il gusto dei baci di Max, ma non poteva perdere il controllo, il dottore l'attendeva. Si ripete dentro di lei che lui non aveva intenzione di sposarla, voleva solo il suo corpo, si voleva solo divertire. Lo spinse via, aveva faticato persino a ritrovare la voce.

«Signor conte, questo non è leale, io domani mi recherò al convento per prendere i voti e voi mi oltraggiate, pur sapendo che non mi sposereste mai»

«Questo non è leale! Tu non mi conosci. Se non ricordo male sei stata tu a dire a tuo padre che piuttosto che sposarmi, preferisci farti suora. Ma forse al mio posto avresti preferito il giovane tenente»

«Il giovane tenente non si sarebbe mai preso una simile libertà, signor conte»

«Non ti è indifferente il tenente vero?»

«Pensa ciò che vuoi ormai il mio destino è stato scelto, io domani non sarò più qui».

Come una doccia fredda Max comprese di essersi lasciato influenzare dalla gelosia. Vide gli occhi lucidi di Rosy, forse era meglio lasciarla andare e cercare suo padre per chiedere la sua mano. Dannazione, l'avrebbe obbligata a sposarlo, la desiderava, la voleva ad ogni costo, era quasi impazzito dalla gelosia quando l'aveva vista danzare col tenente. Senza dirle una parola si volse in direzione della sala in cerca del barone.

Rosy si asciugò le lacrime, ora era certa che lui non la volesse. Per un istante aveva sperato che le chiedesse di sposarla, invece l'aveva offesa pensando che lei passasse dalle sue braccia a quelle del tenente, come aveva solo osato pensare una brutalità simile! Corse via fuori dal palazzo prima che qualcuno notasse la sua fuga.

Max raggiunse il barone e gli chiese di seguirlo nel suo studio.

«Barone, domani lei condurrà Rosy al convento dove prenderà i voti. Io volevo chiederle di non condurla al convento»

«Con tutto il rispetto per lei, ma non credo che questa decisione spetti a lei.»

«Certo che non spetta a me, ma se io le chiedessi la mano di sua figlia, lei cambierebbe idea?»

«Finalmente, non ci speravo più»

«Cosa vuole dire?»

«Luigi mi aveva assicurato che lei fosse innamorato di Rosy e mia figlia di lei, solo una scelta estrema vi avrebbe condotto l'uno nelle braccia dell'altra»

«Quindi non avrebbe mai permesso a sua figlia di prendere i voti?»

«No di certo, io volevo solo assicurarle un futuro. Sono severo con lei ma per il suo bene, io amo mia figlia e avevo già rotto il contratto col conte Brescia prima che lei mi chiedesse di farlo.»

«Bene, mi dà la sua benedizione?»

«Certo figliolo, è libero di comunicarlo a mia figlia»

«Penso che sia meglio farlo alla fine del banchetto. Dopo che gli ospiti saranno andati via tutti».

Max era al settimo cielo, chiacchierava felice con gli ospiti, comunicò a Luigi la sua decisione e corse ad abbracciare Alessia per dirle di aver finalmente trovato la donna giusta per lui.

Cercò Rosy per tutto il palazzo, senza trovarla. Vide Anna e le chiese se l'avesse vista.

«Anna hai visto Rosy? Non la trovo da nessuna parte»

«L'ultima volta che l'ho vista danzava col tenente»

«Dov'è il tenente?»

«Era qui un minuto fa, forse è con lui»

«Se la sfiora con un solo dito questa volta lo sparo»

«Max, non dire sciocchezze. Sei geloso del tenente?»

«Rosy sarà mia moglie e nessun uomo dovrà più guardarla, soprattutto quel tenente dei miei stivali».

Anna sorrise felice, finalmente Max si era convinto ad ammettere i suoi sentimenti.

«Max, guarda lì c'è il tenente».

Senza attendere un solo secondo Max si diresse verso il tenente, seguito da Anna.

«Dov'è Rosy?»

«Non lo so, signor conte»

«Non lo sai?»

«No, l'ultima volta che l'ho vista danzava con lei, non l'ho rivista da quel momento»

«Max!»

«Anna tranquilla, adesso la cercheremo»

«Signor conte non penserà che i briganti che sono fuggiti l'abbiano ancora una volta rapita?»

«Stiamo tranquilli, il palazzo è sorvegliato a vista d'occhio, nessun uomo può entrare o uscire senza che i miei uomini lo permettano».

Aveva pronunciato quelle parole più per se stesso che per i suoi due ospiti. La paura lo stava facendo impazzire, non poteva succedere ancora una volta. Doveva cercare per tutto il palazzo, fare in fretta.

Una delle guardie gli aveva riferito che una giovane nobildonna era uscita più di un'ora fa dal castello ed era salita su una carrozza che l'aveva condotto via.

Max impallidì a quella notizia, gli tornarono in mente le ultime parole di Rosy:

«Pensa ciò che voi, io domani non sarò qui».

Quella frase gli martellava nel cervello. Si sentiva stupido per non aver compreso il significato, la conosceva bene e sapeva che non si sarebbe mai rinchiusa in un convento. Era fuggita via, ma dove!

Fu raggiunto da Luigi, Carlo e il barone.

«Max, cosa hai scoperto?»

«Luigi è fuggita via, ed è tutta colpa nostra. Era spaventata e sola ed io non l'ho compreso, mi ha augurato di trovare una donna e di essere felice»

«Max, dobbiamo cercarla»

«Non tu Carlo»

«Ma zio, io non resterò qui ad aspettare vostre notizie»

«Carlo è mia figlia ed è colpa mia, ho solo pensato a trovarle un buon partito senza pensare ai suoi sentimenti. Non le ho mai mostrato i miei veri sentimenti, volevo renderla forte. Ho sbagliato tutto ed ora è fuggita via»

«Antonio, non è colpa tua, anch'io ho sbagliato nel suggerirti il convento per fargli ammettere i loro sentimenti. Siamo tutti colpevoli»

«Ora basta, dobbiamo andare a cercarla».

Trascorsero tutta la notte in cerca di Rosy, ma non trovarono nessun indizio che li conducesse a lei. All'alba ritornarono al palazzo stanchi e demoralizzati.

«Luigi l'avete trovata?»

«Anna sembra scomparsa nel nulla, sono certo che qualcuno l'abbia aiutata a fuggire, bisognerà scoprire chi sia stato. Una volta scoperto lo obbligheremo a condurci da lei».

Max non disse una parola, si diresse in camera, aveva bisogno di un bagno caldo per rilassarsi e riflettere.

Una vola vestito prese una tazza di caffè ed uscii in cerca di Rosy senza comunicarlo a nessuno, chiese informazioni in tutto l'alto Casertano, seguii una pista che lo conduceva ad un casale abbandonato, ma non trovò nessuno. Sembrava che la terra l'avesse inghiottita. A sera rientrò a malincuore al castello sperando che i suoi compagni avessero notizie di lei. Nessuno aveva notizie ed il buio cadde sul futuro di Max.

LA NUOVA VITA.

Il suo viaggio verso la sua nuova vita appariva come una prospettiva scoraggiante. Rosy, forse per la prima volta in vita sua, aveva paura, non vedeva un futuro positivo per lei e suo figlio. La strada in direzione del piccolo paese di montagna era la stessa che aveva percorso con i briganti, con l'unica deviazione verso il sentiero che conduceva al paese. Un piccolo paese, dove vivevano per di più pecorai, braccianti e vaccari, ma si riunivano anche bande di briganti. Il paese è formato da vicoletti che portano in cima alle case del paese, la sua nuova abitazione era situato oltre il piccolo paese, la strada conduceva in un piccolo casolare contadino.

Prima di partire il dottore le aveva fatto indossare un vestito da contadina di colore nero. Aveva sciolto la sua acconciatura elaborata, per poi legarle in due trecce, che aveva fermato con delle forcine sulla testa, per poi nascondere i suoi capelli sotto un vecchio fazzoletto nero.

Era stanca del lungo viaggio, voleva solo riposarsi e non pensare più a niente e nessuno.

Arrivata al casolare nel cortile rustico c'era una donna vicino alla porta seduta a filare, più in basso, all'altezza dello spigolo della parete, c'erano due ragazze che portavano dei secchi pieni di latte. Il sole rifletteva gli ultimi raggi prima del tramonto: le sembrava un dipinto, si trattene un istante nell'ammirare lo scenario. Un riflesso in lontananza attirò la sua attenzione: era un uomo che era accarezzato dalla penombra della notte, il suo sguardo non era quieto. Nei suoi occhi si poteva riscontrare la durezza della vita, per un istante ebbe un brivido di terrore, indietreggiò sui suoi passi, il dottore la fermò e le disse silenziosamente:

«Baronessa, non abbia timore è solo un uomo di montagna, la fatica ha scolpito il suo viso, ma è un buon uomo».

Rosy sorrise al dottore ed insieme si presentarono al montanaro.

«Buona sera Eugenio, questa è figlia del mio amico, è rimasta vedeva, ti vorrei chiedere di ospitarla per un periodo di tempo, comunicando ai vicini che lei è tua nipote e resterà per un periodo di tempo qui con te. Si chiama Giovanna»

Il montanaro si accese una pipa e boccheggiò un paio di tiri prima di rispondere.

«Ti chiami Giovanna?»

«Sì Signore mi chiamo Giovanna»

«Dalla tua carnagione e dalle mani delicate non sembri figlia di contadini, ma se è il dottore a chiederlo, io non farò domande. Ma sappi che qui ci alziamo all'alba e si lavora sodo»

«Certo signore. Io imparo in fretta»

«Bene, dovrai guadagnarti il tuo pane quotidiano»

«Eugenio, non esagerare la ragazza è in dolce attesa»

«Mia moglie ha partorito due figlie ed ha sempre lavorato, qui non facciamo differenza, non siamo nobili noi. Si lavora per mangiare»

«Eugenio, ti ricordo che tua moglie è quasi morta di parto per lavorare tanto e soprattutto lei non è tua moglie»

«Lo so benissimo dottore, è stato lei a salvarla ed io sono in debito con lei. Le prometto di non essere severo, lavorerà in stalla con mia moglie. Imparerà ad accudire le bestie. Se per voi va bene può restare altrimenti torna da dov'è venuta».

Fu Rosy a rispondere.

«Per me va bene»

«Bene ora entriamo in casa per la cena»

«Resterò per la notte. Al mattino visiterò gli abitanti di San Gregorio».

La stanza non era molto grande ed era di colore grigio come la notte. Al centro c'era un vecchio tavolo con delle sedie di paglia, di fronte alla porta c'era un camino acceso e sopra un pentolone con il cibo per la sera. Le figlie di Eugenio prepararono la tavola con piatti e bicchieri vecchi di ferro. Al solo pensiero di dover mangiare in quegli oggetti a Rosy venne un'ondata di vomito, corse fuori dalla porta e vomitò dietro la casa. Si chiedeva come sarebbe sopravvissuta a tutto quello.

Rientrata in casa il dottore le chiese se si sentisse meglio. Si sedettero a tavola, fece un profondo respiro ed iniziò a mangiare. Dovette ricredersi, quella minestra era buona aveva un sapore unico, anzi la gustò al punto da fare i complimenti alla moglie del montanaro.

Le figlie del montanaro si chiamavano Anna e Rosa, mentre sua moglie si chiamava Margherita, erano tutte molto gentili a differenza del padre.

Il dottore dormii in una vecchia brandina che il montanaro posizionò vicino al camino, la stanza da letto del montanaro era situata al piano superiore e lei avrebbe dormito con le figlie del montanaro in una stanza posizionata dietro la cucina. Le sembrava una prigione, le mura erano sporche, tenebrose. Non c'era un vero lavabo, ma un contenitore di ferro con una brocca piena d'acqua. Il letto, se così lo poteva definire, era fatto di paglia con una brandina di ferro. Non riuscì quasi a chiudere occhio sentiva la paglia entrarle nel corpo, finché la stanchezza non sopraggiunse al disagio e cadde in un sonno profondo. Sognò Max sull'altare mentre si sposava, nel momento in cui veniva alzato il velo scoprii di non essere lei, ma una bellissima donna, si svegliò di soprassalto quasi urlando.

Si sentii chiamare.

«Giovanna, Giovanna, ti senti bene?»

In un primo momento pensò di stare ancora sognando, ma poi si ricordò.

«Sto bene grazie»

«Hai fatto un brutto sogno»

«Scusatemi, vi ho svegliato?»

«Tranquilla a quest'ora ci alziamo. Forza, sbrigati, dobbiamo fare colazione ed andare a mungere le mucche»

«Ma è ancora notte!»

«Giovanna è giorno, muoviti a nostro padre non piacciono i ritardatari».

Rosy si alzò più stanca del giorno prima, si vestì in fretta e si lavò il viso e le mani. In cuor suo avrebbe tanto desiderato un buon bagno caldo, ma ormai il bagno per lei era solo un dolce ricordo.

Il fuoco era già acceso e il latte caldo col pane la rifocillò un po'.

Subito dopo la colazione salutarono il dottore e si recarono nella stalla. Rosy sentiva il cuore spezzarsi mentre il medico si allontanava, le aveva promesso che sarebbe ritornato da lei il prossimo mese. Nella stalla guardava Anna mentre legava la coda delle mucche, poi prese uno sgabello e si sedette iniziando a mungere. Poco dopo Maria la chiamò.

«Giovanna, Giovanna».

Rosy non rispondeva, si era dimentica del suo nuovo nome. Maria si avvicinò a lei e la toccò sulla spalla.

«Giovanna, ma perché non mi rispondi?»

«Scusami ero incantata a guardare Anna»

«Va bene, ora vieni che ti insegno a pulire il letame».

L'odore era così forte da arrivare fino allo stomaco. Si mise un fazzoletto sulla bocca per aiutarsi. Maria le diede un forcone e le mostrò come pulire il letame.

Era molto faticoso per lei, dovevano riempire dei secchi che Maria conduceva fuori dalla stalla. Le disse che il letame era molto buono per i campi, aiutava gli ortaggi a crescere più saporiti. Per molte ore lavorarono nella stalla, finalmente avevano terminato. Uscite dalla stalla a Rosy sembrava di puzzare come il letame, sperava di prendere un po' di fiato. Ma il suo era solo un sogno. Anna la condusse alla realtà.

«Giovanna, tu vai dalla mamma, voi due preparate il pane e il formaggio, mentre io e Maria andremo ai campi ad aiutare nostro padre».

Quel giorno fu interminabile per Rosy, lei che non aveva mai lavorato in vita sua si ritrovò a fare in un solo giorno tanti mestieri diversi. Verso il tramonto rientrarono Anna, Maria e il montanaro. In casa avevano appena terminato di preparare la cena e si erano sedute da cinque minuti sull'uscio ad attendere mentre Margherita le insegnava a filare la lana.

«Bene vedo che stai imparando a filare!»

«Sì signore»

«Bene termina qui di filare e vai nella stalla con le ragazze a mungere»

«Bene signore».

Rosy aveva talmente timore di quell'uomo che non osava contraddirlo né guardarlo in faccia. Seguii le giovani nella stalla in silenzio.

Come il mattino anche quella sera Anna legò la coda della mucca, poi si rivolse a Rosy.

«Giovanna vieni qui ti insegno a mungere»

«Anna, non ci riuscirò mai»

«Ci riuscirai anche tu. Forza siediti».

Rosy si sedette sullo sgabello e prese tra le mani la mammella della mucca, strinse come aveva fatto Anna ma non uscì nulla, ci riprovò e riprovò molte volte. Anna la fece spostare e cerco d'insegnarle il movimento. Di nuovo si sedette per mungere ma non ottenne nulla. Poi rivolse la mammella verso di lei e disse:

«Forse è otturata?»

Mentre diceva quella frase una pioggia di latte le arrivò sul volto. La sua espressione fece ridere di cuore le ragazze.

«Giovanna hai visto che sei capace».

Rosy le sorrise e pensò che tra lei e le due ragazze non c'era diversità, solo uno stupido titolo nobiliare le rendeva diverse.

Eugenio guardava le tre ragazze giocare, fu felice che una donna dalle mani gentili non fosse diversa dalle sue figlie. Aveva sospettato dal primo momento che non si trattasse di una contadina, ma decise di lasciare tutto al fato e di considerarla uguale alla sua gente.

I giorni passavano tutti uguali e Rosy lentamente si abituava a quella vita.

I primi giorni non furono facili anche a causa delle vesciche alle mani, per fortuna che Margherita aveva un rimedio magico e nel giro di pochi giorni scomparvero.

Ormai era trascorso un mese dal suo arrivo al casolare. Come ogni mattina si era alzata presto ed era andata nella stalla con le sue amiche. Terminato di accudire le bestie, Anna e Maria si erano recate col padre ai campi e lei sarebbe rimasta con Margherita. Una visita inaspettata fece cambiare i loro programmi e mise in agitazione Rosy. Anna notò subito la sua agitazione alla vista del giovane ufficiale che parlava con suo padre.

L'uomo chiamò Maria mentre ordinò alle altre due di recarsi in casa.

«Maria, il tenente è venuto a chiederci se avevamo notato un movimenti strani nei dintorni, tu hai visto qualcosa?»

«No padre è tutto normale, in paese non c'è nessun arrivo»

«Vede tenente, non ci sono banditi. Noi siamo dei poveri contadini, lavoriamo i campi onestamente. In casa mia non ci sono uomini, ma solo donne, mia moglie, le mie due figli e mia nipote. Se non ha più bisogno di noi dovremo riprendere i lavori ai campi finché il tempo ce lo permette, se vuole un buon caffè, mia moglie e mia nipote saranno liete di offriglielo»

«Grazie Eugenio per la tua ospitalità, ma pattuglieremo ancora la zona e poi ritorneremo a Piedimonte»

«Buon ritorno tenente. Maria chiama tua sorella che andiamo».

Maria corse in cucina a chiamare Anna. Rosy rimase silenziosa col cuore che le batteva forte. Maria spiegò in poche parole a sua madre il perché il tenente era salito fin su da loro, Rosy a quelle parole fece un sospiro di sollievo.

Durante la strada di ritorno il tenente incontrò il dottore.

«Buon giorno tenente, come mai è così lontano da Piedimonte?»

«Dottore è solo un controllo a causa di una soffiata su Maria Maddalena De Lellis. Ma purtroppo c'è una forte omertà nei confronti dei briganti, di lei dottore si fidano, se sente qualunque cosa le chiedo di informarmi»

«Lo farò al mio ritorno, se avessi notizie. Mi scusi tenente e della baronessa ci sono notizie?»

«Purtroppo nessuna sembra scomparsa nel nulla, ma i suoi zii non rinunciano alle ricerche, grazie anche all'aiuto del conte»

«La ringrazio, ora la saluto proseguo il mio tragitto, resterò fino a domani a visitare i pazienti. Buona giornata tenente»

«Buona giornata dottore».

Il dottore proseguì il suo cammino, la sua prima meta sarebbe stata la casa di Eugenio.

Arrivò nel primo pomeriggio, si soffermò a guardare i dintorni cercando di notare qualcosa di diverso dal solito, ma tutto era uguale al mese scorso ad eccezione della natura che stava tinteggiando di arancio le sue montagne, sembrava un drago che con la sua fiamma lasciava una scia di fuoco. Rimase per un istante a contemplare quella natura che da lì a Natale sarebbe stata ricoperta di un manto bianco. Scese in valle in direzione della casa di Eugenio.

«Maddalena, Maddalena»

«Chi mi cerca»

«Maddalena sono io il dottore»

«Dottore, prego entri, stavamo preparando il formaggio. Si accomodi»

«Dov'è Giovanna?»

«È in casa»

«Bene, Maddalena una buona tazza del tuo caffè e poi la visito»

«Solo il caffè dottore? Ho preparato i biscotti della nonna, non può dire di no»

«Maddalena tu mi vizi».

Maddalena sorrise, il dottore la seguii e vide una scena che lo lasciò ammutolito. Rosy stava preparando il formaggio, non sembrava più la baronessa, ma una semplice contadina. Rosy sorrise al dottore, Maddalena preparò il caffè mentre il dottore visitava Rosy.

Una volta terminata di visitarle le disse:

«Baronessa, la gravidanza procede bene. Devo dirle che temevo per la sua salute a causa dei lavori nella stalla e in casa, ma vedo che tutto procede bene. Vuole notizie dei suoi familiari?»

«No dottore preferisco non sapere nulla, mi basta solo sapere che stanno tutti bene il resto non ha importanza»

«Sono tutti in salute, non vuole sapere chi la sta cercando?»

«Dottore non insista per favore.»

«Come vuole lei. Comunque devo trovarle una nuova sistemazione, prima di Natale. Tra un po' i briganti arriveranno a valle e lei non sarà più sicuro qui»

«Dottore, avrei preferito restare qui con loro per sempre, ma non posso permettermi di metterli in pericolo. Cerchi al più presto una nuova sistemazione»

«La sto cercando, ma non è facile. Comunque ora andiamo da Maddalena».

Il dottore gustò il buon caffè di Maddalena e mangiò i suoi biscotti. Maddalena preparò un fagottino per il dottore, con un buon pezzo di formaggio e i suoi biscotti della nonna.

Rosy e Maddalena salutarono il dottore felice di aver rivisto un vecchio amico. Prima di riprendere i lavori Maddalena le chiese se tutto procedesse bene. Poi l'abbraccio e le disse:

«Piccola non preoccuparti al momento del parto ci sarò io ad aiutarti, ho già messo al mondo due figlie».

Rosy fu felice e amareggiata: da lì ad un mese avrebbe dovuto lasciare i suoi amici per una destinazione ignota. Si asciugò il volto senza che Maddalena si rendesse conto dei suoi occhi lucidi e ripresero il lavoro.

UNA VECCHIA CONOSCENZA.

Dalla visita del dottore era trascorsa una settimana, la sua vita procedeva come sempre, la sua pancia ormai era evidente. Quella sera nel letto lo sentii per la prima volta muoversi, era bellissimo sentire quella piccola vita che giorno dopo giorno cresceva in lei, era felice. L'unico suo dolore era di non poter condividere la sua gioia con Max. Silenziosamente iniziò a piangere.

Quella notte sognò Max, suo padre e i briganti del Matese, era un sogno tutto confuso ed intrecciato.

Si alzò stanca e confusa. Durante la colazione Maddalena annunciò che sua cugina era tornata al paese e sarebbe passata nel pomeriggio a salutarla. Suo marito fece un'espressione non bella e le disse:

«Spero che non resti tanto, non voglio trovarmi nei guai per lei. Tu sai cosa penso»

«Sì lo so, ma sai benissimo che non posso dirle di no»

«Lo so. Noi comunque andremo al campo, ci sarete solo tu e Giovanna se ti fa domande sul suo conto già sai cosa dire»

«Mi dispiace Eugenio, non approvo la sua vita ma le voglio bene»

«Va bene, va bene. Ora andiamo a lavorare».

La mattina trascorse come tutte le altre. Rosy era curiosa di conoscere la cugina di Maddalena, si chiese che scelte di vita avesse effettuato, le sue risposte giunsero al momento dell'incontro.

Erano le tre del pomeriggio quando sentirono una voce sull'uscio della porta.

«Maddalena, Maddalena, vecchia ciabatta dove sei?»

«Maria Maddalena, sono qui in cucina entra, stiamo preparando il pane»

«Allora dov'è quell'orco di tuo marito e le tue figliole?»

«Sono ai campi, ma vieni ti presento la nipote di mio marito»

«Tuo marito ha una nipote, questa è bella»

«Sì, è la figlia di una sua cugina, vive con noi ora. La poverina è rimasta vedova ed è in dolce attesa. Forza che te la presento. Giovanna questa è mia cugina Maria Maddalena».

Rosy si voltò nel salutarla e di fronte a lei si ritrovò il capo dei briganti. Anche lei l'aveva riconosciuta e fece finta di incontrarla per la prima volta.

«Piacere io sono Maria Maddalena»

«Piacere io sono Giovanna».

Rosy preparò del buon caffè, mentre lei terminava i lavori. Lasciò le due donne parlare della loro infanzia, uscii fuori nell'aia per accudire le galline. Era certa che Maria Maddalena l'avesse riconosciuta, ma non comprendeva il perché non l'avesse comunicato a sua cugina. Una voce alle sue spalle la fece sussultare.

«Baronessa»

Si voltò e la vide che le sorrideva.

«Mai in tutta la mia vita avrei giurato di vedere una nobile che fa i lavori dei contadini. Mi chiedo il perché lei si è trasferita da mia cugina»

«Sono motivi miei se non le dispiace»

«Non credo proprio, finché vivrà sotto lo stesso tetto della mia famiglia sono anche motivi miei».

Rosy sospirò, non aveva scelta e raccontò per filo e per segno tutto quello che le era successo subito dopo il suo rapimento. Maria Maddalena ascoltò silenziosa. Una volta terminato il suo racconto Rosy era certa che lei sarebbe corsa da Eugenio per mascherarla.

«Bene, baronessa hai del coraggio, l'avevo intuito al campo con Giovanni, ma non pensavo fin dove potessi arrivare. Sono in debito con te per avermi tolto quei due imbecilli dai piedi, non aver paura il tuo segreto resterà con me. Ma il buon dottore ha ragione, devi andar via prima di natale. I miei compagni non saranno così clementi come me»

«Sono consapevole del pericolo che sto correndo, ma per il momento non ho altro posto dove rifugiarmi. Ti ringrazio per il tuo aiuto»

«Non credi che il conte debba essere informato del tuo stato, e di dove sei?»

«No, non dovrà sapere dove sono, lui si sentirebbe in dovere di sposarmi ma io non voglio un uomo che non mi ami»

«Ne sei certa?»

«L'ha detto chiaramente a mio zio che non vuole sposarmi»

«Che strano, nessun uomo sano di mente segue dei briganti armati. Solo un uomo innamorato diventa folle per amore. Comunque è una tua scelta ed io la rispetto. Ora ti saluto vado via prima che arrivi quell'orco del marito di Maddalena, tra me e lui non c'è buon sangue»

«Grazie».

Rosy la vide allontanarsi col suo cavallo: il suo modo di fare, le sue maniere le ricordavano molto quelle di Maddalena. Si chiese il perché fosse divenuta un brigante. Entrò in casa, non disse nulla a Maddalena del suo dialogo con sua cugina.

«Mia cugina non è cattiva, ma un cattivo matrimonio e degli uomini sbagliati l'anno condotta in un percorso senza ritorno. Ho sempre paura di ricevere la notizia della sua morte ed ogni volta che la vedo sono felice e ripenso alla nostra infanzia, per me lei è come una sorella».

Rosy ascoltava le sue parole, in ogni frase percepiva il dolore e la sofferenza per sua cugina, si asciugò gli occhi e le disse:

«Forza, dobbiamo riprendere i lavori».

La giornata terminò come tutte le altre e i giorni seguenti furono uguali agli altri.

A metà settimana ricevettero la visita di Maria Maddalena col suo solito abbigliamento maschile e il fucile sulla spalla destra.

«Ciao Giovanna, Maddalena è in casa?»

«Mi dispiace è andata in paese, suo marito e le sue figlie sono ai campi dovrebbero rientrare verso sera»

«Ti dispiace se mi fermo a fare due chiacchiere con te?»

«Se per lei va bene, io continuo i miei lavori»

«Ti darò una mano»

«No, è il mio compito»

«Il tuo compito?»

«Ognuno di noi in casa ha un compito da svolgere»

«Scommetto che è stato Eugenio a dirlo, quel vecchio orco»

«Il signor Eugenio è stato gentile con me, mi ha accolto in casa senza fare domande. Mi da un buon pasto ed un letto caldo»

«Va bene, non lo diremo ad Eugenio, forza andiamo nella stalla».

Rosy la seguiva silenziosa. Anche se non lo disse era felice che qualcuno l'aiutasse, iniziava a percepire la stanchezza a causa della sua gravidanza.

Terminato di pulire la stalla, Maria Maddalena prese due mele dalla sua borsa ed una la lanciò a Rosy.

«Bene piccola, ora riposati un po', è per il bene del tuo piccolo»

«Grazie ne avevo bisogno».

Finalmente un momento di pace, la compagnia della donna le piaceva, in un certo senso l'ammirava per le sue idee e il suo coraggio.

«Piccola, hai deciso come chiamarlo?»

«Sì, volevo chiamarlo se è maschio Max, mentre se è femmina Sofia»

«Max, bel nome. Tu lo ami?»

«Sì»

«Ma perché non lo sposi sono certa che anche lui ti ama»

«No, io per lui sono stata solo un'altra donna e niente più. Noi due non facciamo altro che litigare»

«Questo non ti fa riflettere?»

«Mi fa solo comprendere che non c'è futuro per noi. Ora basta parlare di lui ti posso fare una domanda?»

«Dipende dalla domanda»

«Volevo chiederti perché sei divenuta un brigante»

«Se proprio ci tieni ti racconterò la mia storia. Credo che Maddalena ti abbia raccontato che siamo cresciute insieme con la nonna. Io vivevo libera e felice fino a quando non ho incontrato mio marito, i primi anni di matrimonio sono stati felici, abbiamo avuto un figlio. Un giorno lui divenne complice dei briganti e fu arrestato. Io ormai ero sola ed incontrai sul mio cammino Andrea Sataniello, ex soldato borbonico e ne divenni l'amante, col tempo sono diventa il braccio destro del capo dei briganti ed ho finito col formare una mia banda. Mio figlio cresce con una mia parente ed ogni tanto scendo a valle per vederlo. Siamo stanchi di subire ingiustizie, vogliamo i nostri diritti e soprattutto senza qualcuno che ci comandi»

«Io non ti giudico, ma non comprendo la violenza»

«Io rapisco i nobili per un riscatto che ci permette di portare a termine la nostra causa»

«Ma comprate delle armi?»

«Non solo, nutriamo anche i poveri. Ricordati non c'è lotta senza guerra»

«Non lo comprendo»

«Bene ora ti lascio, non dire a nessuno che sono passata, lascia che pensino che tu abbia lavorato da sola. Ci rivedremo presto».

Rosy la vide allontanarsi con la sua andatura maschile. Non era d'accordo con il suo pensiero, per lei le armi erano da distruggere, ma la rispettava ed ammirava per il suo coraggio. Sentii un piccolo calcio, come se suo figlio avesse voluto confermare il suo pensiero.

MAX.

Max non aveva cessato le ricerche per un solo giorno, tutti avevano perso le speranze di ritrovarla ma lui no. Gli sembrava di impazzire, ma dentro di lui una vocina gli diceva di non arrendersi.

Era seduto in giardino, guardando quelle montagne forti e grandi, le vedeva unirsi come due grandi mani che intrecciano il suo bambino e loro intrecciavano Piedimonte per difenderlo. Un fruscio attirò la sua attenzione. Si voltò e la vide.

«Voi qui!»

«Signor conte, vorrei farle una domanda»

«Voi rischiate la vita per una domanda!»

«Certo. Cosa provate per la baronessa?»

«Lurida cagna, l'hai rapita tu?»

«No. Ma le chiedo di rispondere alla mia domanda»

Max fece un passo per aggredirla e lei fu talmente svelta a puntargli il fucile contro da lasciarlo sbalordito.

«Ora si calmi e mi risponda»

«Per quale motivo dovrei rispondere alla sua domanda?»

«Pura curiosità o altro, ma le consiglio per il suo bene di farlo»

«È una minaccia?»

«È un consiglio, che può aiutarla a trovarla»

«Farei qualunque cosa per ritrovarla. Io ne sono innamorato e voglio sposarla, sto impazzendo nel cercarla, ogni giorno invio i miei uomini in cerca di un indizio, ma ogni giorno tornano senza notizie»

«Vi credo è stata molto furba nel cercare aiuto»

«Quindi lei sa dov'è?»

«Sì, se è disposto a fidarsi di me»

«Credo di sì. Riflettendo, ha rischiato di essere catturata per farmi una simile domanda. Ma perché lo fa?»

«Non voglio che le succeda nulla di male, è diversa dai voi nobili, crede nei valori e nel rispetto delle persone»

«Quindi la vede spesso?»

«Sì, è a casa di mia cugina. Finché non scenderanno a valle i briganti lei è al sicuro, ma l'inverno è alle porte e le prime nevicate sono vicine ormai, è questione di giorni. Quindi prenda delle coperte, due cavalli e qualcosa da mangiare. Ci rivedremo al passo per Castello, non dica una parola di dove è diretto»

«Anche se volessi non potrei farlo, non mi ha detto dove si trova».

La donna le sorrise e scomparve nel nulla. Max raccolse delle coperte, del cibo e prese i cavalli più robusti per andare in montagna.

Arrivato al passo per Castello, la vide sul suo cavallo che gli fece segno di seguirla. C'era una domanda che voleva farle, era un'ora che ci girava intorno.

«Perché si è fidata degli estranei e non dei suoi familiari?»

«C'è un motivo, che ora non posso dirle. Lo vedrà al nostro arrivo o sarà lei a dirglielo»

«Ma perché è venuta solo ora?»

«Non lo sapevo, l'ho scoperto per puro caso dopo una visita a mia cugina»

«Chi paga i suoi parenti?»

«Nessuno, loro non conoscono la vera identità della baronessa. Lei lavora per poter vivere con loro»

«Lavora!»

«Sì certo, sono rimasta sbalordita anch'io nel vederla. Loro pensano che sia figlia di una contadina, stanno facendo solo un favore al dottore»

«Al dottore?»

«Sì è stato lui a condurla da mia cugina»

«Quel vecchio, io lo uccido quando lo prendo»

«È stato costretto dalla baronessa, non è colpa sua, ma forse più di vostra signor conte. Ripeto c'è un motivo»

«Mia!»

«Ora basta, non dirò altro procediamo prima che arrivi la notte».

Maria Maddalena non disse più una parola. Anche Max era assorto nei suoi pensieri cercava di dare una risposta alle parole della donna. L'unica colpa che aveva era il suo brutto carattere e la sua gelosia. Si promise di cambiare per il bene di Rosy.

Arrivati nelle vicinanza del casolare, la donna si fermò.

«Io non posso andare oltre, chieda di Giovanna»

«Di chi?»

«Di Giovanna e capirà. Se quell'orco del marito di mia cugina non vorrà farla entrare lei insista per vedere Giovanna»

«Ma chi è Giovanna, io cerco Rosy»

«Si fidi per trovare la baronessa, lei deve vedere Giovanna. Buona fortuna»

«Grazie»

«Si ricordi che se la farà ancora soffrire io ritornerò e non sarò gentile».

Dopo quest'ultima frase scomparve tra i boschi. Max si avvicinò al casolare. Il cane comunicò agli ospiti della casa il suo arrivo.

«Chi siete, cosa volete?»

«Voglio vedere Giovanna»

«Perché mai un nobile vorrebbe vedere una contadina, vada via qui non c'è nessuno per lei»

«Mi ascolti, io voglio vedere Giovanna e non vado via senza averle parlato, è importante»

«Qui non siamo nel suo bel palazzo e nessuno può comandare a casa mia, non lo permetto ai briganti figuriamoci a un nobile»

«La prego è importante. Non andrò via finché non la vedo».

Le urla arrivarono in cucina ed una alla volta uscirono fuori nel cortile. Max era sul cavallo, Eugenio gli puntava contro il fucile pronto a sparare se avesse fatto un passo. Rosy a quella scena corse urlando in direzione di Max.

«Ti prego non sparargli»

«Giovanna, torna in casa. Attenta è pericoloso per il bambino!»

Lui urlò Maddalena. A quelle parole Max scese dal cavallo e voltò la ragazza verso di lui, le tolse quel fazzoletto nero e vide i suoi bei capelli dorati.

«Perché sei venuto, va via».

Eugenio e la sua famiglia compresero ed entrarono in casa, ormai Giovanna non aveva più bisogno di protezione, lui aveva sempre compreso in cuor suo che non era una contadina.

«Rosy, perché?»

Poi il suo sguardo si fermò sulla sua pancia, era tonda. Non sapeva cosa dire o fare. Gli ritornarono in mente la parole della donna, era colpa sua. Era lui il colpevole. Si inginocchiò ai suoi piedi e l'attirò a se. Appoggiò delicatamente la sua testa sulla sua pancia e avvertì un piccolo quasi minuscolo movimento. Era suo figlio, l'aveva riconosciuto. Anche Rosy aveva pensato le stesse cose, suo figlio aveva riconosciuto suo padre. Ed ora aveva paura, era persa, lui sapeva e non voleva un uomo che non l'amasse. Per molti minuti restarono così in silenzio. Poi lui sentii delle gocce cadergli sulla testa alzò gli occhi verso di lei e la vide, stava piangendo.

Si alzò e con le sue labbra caldo gli asciugò gli occhi.

«Ti prego non piangere, è colpa mia non tua»

«Max...»

Il pianto era talmente potente che non riusciva a parlare, erano mesi che aveva rinchiuso i suoi sentimenti dentro di lei ed ora erano esplosi tutti insieme.

La coccolò finché lei non si tranquillizzò. La condusse su un vecchio sgabello sul quale Maddalena trascorreva molte ore a filare. Una volta seduto, la fece sedere sulle sue gambe col viso rivolto verso di lui.

«Vorrei una spiegazione per la vostra fuga e il vostro stato. Perché non mi avete detto che aspettavate un figlio, credo di averne diritto»

«Diritto, è una parola così grande. Voi mi avete sempre detto che non volevate sposarmi ed io non volevo avere un uomo che non mi amasse, quindi non era un vostro problema»

«È un mio problema dal momento che questo bambino è anche mio. Siete scomparsa senza una parola, vi ho cercata per giorni interi, ero disperato e mi sentivo così stupido, la mia gelosia per il tenente ha offuscato la mia ragione»

«Cosa state cercando di dirmi?»

«Che voi mi sposerete e sarete obbligata a farlo dal momento in cui informerò vostro padre di avervi disonorata e che attendete un figlio da me»

«Nessuno può obbligarmi a sposarvi neanche mio padre»

«Voi lo farete e non vi permetterò di fuggire sarete controllata a vista, finché non ci saremo sposati».

Le ultime parole furono pronunciate a titolo di minaccia. Ormai si sentiva in trappola, ma dentro di lei era felice di essere intrappolata da lui. Forse col tempo avrebbe imparato ad amarla.

«Ti prego lascia che spieghi ai miei amici chi sono e perché mi trovo qui»

«Va bene, ma io entrerò con te»

«Vi devo parlare, vi chiedo di ascoltarmi e di perdonarmi. Qualche mese fa ho scoperto di aspettare un bambino, non volevo assolutamente obbligare il padre di mio figlio a sposarmi senza amore, ma non potevo neanche ritornare dai miei genitori e così ho chiesto aiuto al dottore, a dire la verità l'ho quasi obbligato. Lui vi ha chiesto di ospitarmi per un periodo di tempo, finché non avrebbe trovato un altro luogo sicuro. Mi dispiace Maddalena non mi avresti aiutato nel parto. Vi ho mentito anche sul mio nome io non mi chiamo Giovanna, ma Rosy e sono figlia del barone Nobili di Caserta»

«Perché ci avete mentito baronessa?»

«Anna mi dispiace, avevo timore che non mi avreste aiutato e col dottore abbiamo ritenuto più opportuno che voi restaste all' oscuro della mia identità. Ma ti prego chiamami Rosy, il mio rapporto con voi sarà sempre lo stesso»

«Come fate a dirlo che non cambierà nulla, voi siete una nobile e vivrete in un palazzo. Mentre noi siamo dei poveri contadini»

«Anna, voi mi avete accolta in casa vostra senza chiedermi spiegazione, tu e Maria siete state come sorelle per me e tutto questo non cambierà mai»

«Baronessa mia figlia ha ragione, prima sospettavo solo che lei fosse una nobile, mi sono illuso che vi poteste essere come le mie figlie, ma ora...»

«Mi dispiace di avervi fatto lavorare tanto»

«Maddalena, mi hai insegnato cose utili e importanti che non avrei mai imparato a corte. Ti sono grata per aver avuto tanta pazienza con di me. Io sono affezionata a tutti voi, siete la mia famiglia»

Tutti restarono in silenzio e fu Maria a romperlo con una frase:

«Rosy, finalmente la smetterai di pronunciare il nome Max durante il sonno ed io potrò dormire in pace».

Rosy divenne rossa come un peperone e Maria iniziò a ridere, seguita dai suoi familiari.

«Rosy ci presenti il tuo amico?

«Maria questo è il conte Max»

«Quello dei tuoi sogni. Ora capisco perché facevi quei versi»

«Maria!»

«Anna, non ho detto nulla di male. È un bell'uomo»

«Mi scusi signor conte, mia figlia ha il brutto vizio di dire sempre ciò che pensa, ma è una brava ragazza non lo fa con cattiveria»

«Signora, non mi sono offeso, anzi le sue parole mi fanno piacere»

«Bene, stavamo per andare a cena prima del suo arrivo, vuole unirsi a noi?»

«Maddalena, non credo che il signor conte voglia mangiare a tavola con dei contadini»

«Signora sarà un vero piacere, anzi vi devo chiedere ospitalità per la notte»

«Max, non credo che ci sia posto per te qui»

«Certo, può dormire sulla brandina che usa il dottore»

«Maria!»

«Bene accetto volentieri l'ospitalità».

Max fu cordiale con la famiglia di Eugenio, mentre lui si divertiva, lei restava silenziosa in un angolo. Non disse una parola per tutta la serata, si sentiva in trappola, se solo lui le avesse detto quella piccolissima frase ma tanto grande per il suo cuore. Sospirò e chiese scusa, era stanca voleva andare a letto.

Si rifugiò in quella stanza grigia che per tutti quei giorni le era sembrata un rifugio caloroso, dove sentirsi al sicuro, ed ora era in trappola.

Cercò di dormire, ma le risate allegre provenienti dalla cucina la rendevano nervosa e gelosa. Lui fa il libertino con le due sorelle e lei è lì con in grembo suo figlio che soffre, si chiese quante volte dopo il loro matrimonio avrebbe cercato conforto nelle braccia di un'altra donna.

Maria e Anna stavano andando a letto, Rosy fece finta di dormire.

«Rosy, Rosy»

«Maria, lasciala in pace, sta dormendo»

«Le volevo dire che è fortunata, sposerà un uomo bello e simpatico, un po' la invidio»

«Maria, lei lo sa. Vieni andiamo a letto».

Rosy si stritolava le dita dalla rabbia pensando alle parole dell'amica. Fortunata un paio di baffi, loro non sapevano chi fosse realmente.

Ormai era l'alba, nella casa regnava un silenzio assordante, lei era ancora sveglia, voleva trovare una soluzione. Poi all'improvviso, come un fulmine a ciel sereno, pensò a Maria Maddalena, era l'unica che potesse aiutarla. Scese dal letto silenziosamente. Si vestì in fretta e lentamente arrivò in cucina, Max dormiva e lei sgattaiolò verso l'uscita. Era certa di poter uscire senza farsi vedere, finché una voce dietro di lei la fece sussultare:

«Stai andando da qualche parte Rosy?»

«Max! Andavo a prendere una boccata d'aria fresca. Se ora vuoi scusarmi»

«Bene ti farò compagnia»

«No grazie, non serve. Tu resta a riposare»

«Ormai ho dormito abbastanza. Insisto, ti farò compagnia»

«Uffa! Max non ho bisogno della balia»

«Certo che no, ma ricordati che non ti perderò più d'occhio fino al nostro matrimonio. Ed ora se vogliamo andare, prego»

«Non ho più voglia di uscire, grazie resterò qui»

«Bene, prepariamo la colazione per i nostri ospiti»

«Tu! Cosa!?»

«Cosa credi che non ne sia capace?»

«Boh!»

«Ora vedrai. Prima di tutto accenderò il fuoco. Tosterò del pane e sopra metteremo un po' di marmellata e per finire un buon bicchiere di latte caldo».

Rosy lo guardava armeggiare col cibo. Era così dolce che le venne da sorridere. Forse si sbagliava, non sarebbe stato così brutto vivere con lui, se non fosse stato per quel piccolo particolare, lui non l'amava. Provò una fitta al cuore che la fece sbiancare. Max la vide e subito le fu vicino.

«Ti senti, male? È il bambino?»

«No sto bene è stata solo una fitta al petto. Ora è passata»

«Sei sicura di sentirti bene e il bambino secondo te sta bene?»

«Certo che stiamo bene. Il pane si sta bruciando»

«Oh cielo. Si brucia tutto».

Rosy era delusa, si era preoccupato solo del bambino. Certo, aveva un erede e non gli interessava che il suo cuore era malato d'amore.

Fece un lungo sospiro. Max la vide sospirare, non vedeva l'ora di partire e farla visitare dal dottore. Era preoccupato per lei.

Eugenio entrò in cucina seguito da sua moglie, non avrebbe mai immaginato di trovare la colazione pronta. Dopo cinque minuti entrarono le figlie.

«È solo per ringraziarvi di esservi presi cura di Rosy, comunque tra una settimana sarete gli ospiti d'onore al nostro matrimonio»

«Grazie signor conte».

Fecero tutti colazione, il pane era un po' bruciato ma alla fine non era male con la marmellata. Finita la colazione, tutti rimasero in silenzio. Ormai era arrivato il momento dei saluti.

«Ciao Rosy, vi auguro di essere felici»

«Rosy, ricordati di noi»

«Rosy, mi mancherai. Fai la brava»

Anche Eugenio aveva gli occhi lucidi, malgrado non le avesse mai detto una parola, lo sapeva che si era affezionato a lei. Un nodo alla gola le fermava le parole, abbracciò i suoi amici e Max la fece salire a cavallo. In lontananza Maria Maddalena seguiva la sua amica ritornare a casa e sperava in cuor suo che un giorno forse le loro strade si sarebbero incrociate.

Il viaggio di ritorno fu una tortura, nessuno dei due comunicò con l'altro. Rosy era talmente sprofondata nella sua infelicità che a malapena notava il passare del tempo. Finalmente di sera arrivarono al palazzo dei suoi zii, era felice di rivederli, ma dentro si sentiva vuota. Era rassegnata all'idea di sposarlo, soprattutto per il bene del suo bambino. Max aveva deciso di svelarle i suoi sentimenti dopo il matrimonio, per il momento voleva vendicarsi di tutti quei giorni che aveva trascorso nella sofferenza al solo pensiero di non rivederla più.

Durante il viaggio in lei si erano risvegliati altri sentimenti che nell'ultimo periodo aveva cercato di nascondere in fondo al cuore. Lo desiderava da morire.

Quel giorno anche il tempo sembrava essere triste, pioveva.

Entrarono in sala, sua zia non credeva ai suoi occhi. Corse ad abbracciarla e la baciò.

Poi con gli occhi lucidi si rivolse a Max:

«Max, l'hai trovata»

«Vi avevo detto che ci sarei riuscito. Comunque devo comunicarvi una notizia importante, vi chiedo di informare vostro fratello che tra quattro giorni si celebrerà il nostro matrimonio»

«Quattro giorni Max!»

«Sì Anna. Rosy è in attesa di un figlio»

«Un figlio!»

«Sì, di mio figlio.»

«Come è possibile Max? Come hai osato solo sfiorarla!»

«L'ho compromessa durante il periodo del suo sequestro, ecco perché lei è scappata. Non c'è più nulla da dire. Ti chiedo di informare il mio futuro suocero, ho già una licenza speciale per noi due. Vi chiedo di permettermi di dormire sotto il suo stesso tetto affinché non cerchi nuovamente di fuggire via»

«Quindi è fuggita a causa tua? »

«Sì»

«Ma come hai osato, ti consideravo un membro della nostra famiglia, a causa tua abbiamo trascorso giorni terribili. Se solo tu...»

«Se solo io non avessi fatto l'amore con lei, tutto questo non sarebbe successo. Ma lei oggi sarebbe rinchiusa in un convento. Ora ti chiedo è meglio un nipote che puoi coccolare o una suora triste e sconsolata?»

Anna dovette ammettere che il discorso di Max non era stupido, in fin dei conti tutti avevano sperato che si spossassero e che avessero dei figli. Se ci pensava bene, quei giorni di angoscia potevano essere dimenticati con la nascita di un bambino. Ma perché mai le aveva chiesto di dormire sotto lo stesso tetto, di cosa aveva paura?

«Va bene Max, hai ragione. Ma perché vuoi dormire sotto lo stesso tetto di Rosy?»

«Le ho giurato che finché non saremo sposati non l'avrei persa d'occhio e quindi dovrai sopportare la mia presenza».

Anna attendeva una reazione da parte di Rosy, ma fu delusa. Lei taceva, era come se non stessero parlando di lei.

Quella sera dopo aver salutato tutti, Rosy comunicò di voler fare un bagno caldo e di andare a letto. Alle domande di sua zia non rispose, ma il peggio sarebbe giunto con l'arrivo di suo padre, per il momento non voleva pensare a nulla, voleva solo godersi un buon bagno caldo. Le era mancato tantissimo, si era sentita sempre sporca malgrado si lavasse tutte le sere, ma un buon bagno caldo è il sogno di ogni donna.

La notte non fu di aiuto, era confusa, spaventata e sofferente.

Ripensava alle parole di Max, come osava fingere di essere preoccupato per il suo buon nome. Era furiosa con se stessa perché lo amava, con i suoi zii che dopo il suo bel discorso erano ritornati amici come prima e con suo padre che l'aveva inviata da sua zia dove aveva conosciuto l'amore. Già, quell'amore bello come una rosa con tante spine ed ogni spina le entrava dritta al cuore tanto da farlo sanguinare ogni giorno.

Voleva fuggire lontano, da tutto e tutti, ma era in trappola. Max era sempre di guardia come un rapace con la sua preda.

I giorni passarono in fretta ed il mattino prima del matrimonio una carrozza arrivò al palazzo, erano i suoi genitori. Li vide arrivare dalla finestra, indietreggiò nel momento stesso in cui scesero dalla carrozza, corse verso il giardino non voleva vederli. Max la vide scappare via e la seguì, aveva paura che tentasse di nuovo la fuga.

«Dove credi di andare?»

Ma la sua espressione cambiò nel vederla con gli occhi lucidi.

«Cosa avete?»

«Non voglio vedere i miei genitori. A loro interessa solo che io effettui un buon matrimonio e niente altro»

«Rosy, ti sbagli. Tuo padre ti vuole bene era molto preoccupato per te. Concedigli una possibilità»

«Una possibilità!»

Mentre terminava quella frase, suo padre comparve alle sue spalle e le disse:

«Sì tesoro mio, anche ai condannati si dà la possibilità di pentirsi»

Rosy non emise un suono, ma restò immobile e suo padre comprese. Max decise di lasciarli soli.

«Rosy, i genitori commettono degli errori ed io ne ho commessi tantissimi. Ma il tuo cuore conosce la verità e sa che io ti voglio bene»

«Cosa mi stai dicendo che non mi avresti mai costretto ad entrare in convento?»

«No, tesoro. Vedi Rosy, un genitore fa delle scelte per il bene dei propri figli. Oggi tu sei in attesa di un figlio e un giorno tu comprenderai che per il loro bene fai scelte sbagliate. Tu sei una donna e in questa società le donne sonno discriminate ed io dovevo assicurarmi il tuo futuro. Mi dispiace piccola mia e mi auguro che un giorno tu mi perdonerai»

«Mi sono sempre chiesa il perché avessi smesso di amarmi da un giorno all'altro. Mi sentivo in colpa per non essere un maschio»

«Piccola, io ti ho sempre amata, ti ho allontanato solo per paura di soffrire il giorno in cui ti saresti sposata, per me è stato più semplice diventare indifferente. Avrei sofferto meno. Rifletti, ogni volta che hai rifiutato un marito ho brontolato ma poi ti ho permesso di non sposarli, anche a costo di perdere il mio onore»

«Perché papà?»

«Non ho una risposta, ho solo delle colpe per amore».

Poi allargò le braccia e corse verso di lui come da bambina e l'abbracciò forte al punto che suo figlio percepì il contatto effettuando un dolce movimento d'amore che solo lei percepì.

Quelle coccole tanto desiderate, quelle parole tanto sognate, finalmente le riscaldavano quella parte del cuore buio e profondo, se solo Max l'avesse amata sarebbe stata la donna più felice del mondo. In lontananza Max osservava la scena, ora doveva solo donarle il suo cuore per essere felice per sempre.

Quel giorno Rosy lo trascorse con i suoi genitori, per la prima volta dopo anni che non trascorreva una giornata felice con loro. Le sembrava di essere tornata bambina.

IL MIO MATRIMONIO CON MAX.

Nella piccola chiesetta c'erano solo i loro familiari ad eccezione di Maddalena e delle sue figlie che erano arrivate la sera prima come ospiti nel palazzo. Rosy aveva donato dei vestiti alle sue amiche, per ringraziarle della loro gentilezza. Mentre sua zia Anna aveva donato a Maddalena un semplice vestito dal colore azzurro come il cielo, che lei conservò come un gioiello preziosa da indossare il giorno del matrimonio delle sue figlie. Eugenio non partecipò, non potevano lasciare il casolare abbandonato per un solo minuto. Maddalena consegnò un messaggio a Rosy di sua cugina. Le comunicava che se un giorno avesse avuto bisogno di lei bastava che contattasse Maddalena e lei sarebbe accorsa in suo aiuto. Rosy sorrise ripensando alla sua amica. Era un brigante dal cuore gentile.

Max era ai piedi dell'altare, era bellissimo, sembrava un dio greco. Era emozionata ed agitata nello stesso tempo. Finalmente sposava l'uomo dei suoi sogni, il padre di suo figlio, chissà se un giorno lui l'avrebbe amata?

Max la guardava col suo abito color lillà, era bellissima. Si sentì quasi soffocare dalla sua bellezza, ancora non poteva crederci quella donna bellissima sarebbe divenuta sua moglie ed in grembo aveva suo figlio, non poteva essere così fortunato. Giurò quel giorno che non le avrebbe mai più permesso di essere triste ma solo felice.

Il banchetto con i pochi ospiti fu celebrato nel salone dei suoi zii. Erano presenti Carlo ed Alessia, la quale aveva comunicato che era in dolce attesa, il dottore, Maddalena e le sue figlie, i suoi zii, con i loro figli ed i suoi genitori. Max non aveva permesso a nessun altro di partecipare al matrimonio se non quelle persone che avevano fatto del bene alla sua amata moglie.

Lasciarono i loro ospite per recarsi al palazzo ducale. Quella sarebbe stata la loro prima notte di nozze.

Dopo aver ricevuto gli auguri dei loro domestici, il conte condusse la sua sposa nella loro camera da letto. C'erano candele, lenzuola di seta, un caminetto acceso che riscaldava tutta la camera con un bel tappeto bianco ai piedi del letto. Rosy penso che quell'atmosfera era davvero romantica, se solo non fosse stato... mentre pensava a quelle piccolo parole che le mancavano, Max la chiamò.

«Rosy, ti prego siediti ed ascolta»

Come un burattino ubbidì.

«Rosy, piccola devo confessarti una cosa prima di consumare la nostra unione, io ti ho amato dal primo giorno che ti incontrato, ma ero troppo testone per comprendere i miei sentimenti, ed è solo a causa della mia gelosia per il tenente che non ti ho mai rivelato i miei sentimenti. Avevo paura ed ho paura che tu non ricambi il mio amore. Questo è tutto».

Rosy era pietrificata, erano mesi che voleva udire quella frase. Ma doveva essere certa che fosse la verità e non una bugia a causa di suo figlio.

«Max, sei sincero, non parli così a causa di nostro figlio?»

«Certo, piccola mia, io ti amo, ed è vero che sono orgoglioso di divenire padre»

«Ma tu avevi detto a mio zio che non mi avresti mai sposata»

«La sera in cui sei scappata io ero andato da tuo padre a chiedere la tua mano e volevo dirtelo durante il ballo ma la mia maledetta gelosia a causa del tenente mi ha impedito di raccontarti la verità. Ero furioso e volevo solo che tu mi appartenessi e che quel bell'imbusto si togliesse dai piedi».

Rosy sorrise e lo abbracciò forte. Non avrebbe più voluto lasciarlo. Iniziò a baciarla, finché i loro corpi non si congiunsero in un estasi totale. Dormirono stretti tutta la notte. Ogni volta che lei cercava di muoversi, lui l'attirava a sé, non le permise di allontanarsi neanche per un istante. Rosy lo guardava dormire, era bello e finalmente era suo.

Si addormentò tra le sue forti braccia.

I giorni scorrevano felice e il pancione di Rosy era sempre più grande, ormai il momento del parto era imminente.

Erano giorni che avvertiva un cambiamento in lei, non riusciva a dormire bene neanche di notte e quella mattina iniziavano i primi dolori.

Camminava avanti e indietro sotto gli occhi smarrito di suo marito. Ad ogni suo sospiro Max le chiedeva:

«È ora, devo far chiamare il medico?»

«Per l'ennesima volta non lo so è il mio primo figlio»

«Ma cosa devo fare?»

«Nulla Max ti prego, stai tranquillo, mi rendi nervosa, sono io che devo partorire e no tu»

«Ho inviato Antonio a chiamare tua zia»

«Finalmente una buona notizia»

«Forse sarà meglio che invii Alessandro a chiamare il medico, non credi?»

«Fai quello che vuoi ma lasciami in pace».

Max era sempre più agitato, Rosy lo guardava, era spaventato, era certa che da quando lo conosceva, non lo avesse mai visto così spaventato. Finalmente una voce familiare.

«Rosy piccola è il momento?»

«Anna, sta per nascere?»

Luigi guardava Max, era in riconoscibile, non lo aveva mai visto in quello stato.

«Forza Max andiamo a bere un goccio»

«Luigi, non voglio lasciarla sola»

«Max è in buone mani»

«Max, stai tranquillo mia zia ha partorito tre volte».

Mentre terminava la frase ebbe una fitta dolorosa da farla urlare.

«Anna! Cos'ha? Ma perché non arriva il dottore?»

«Max, credo che ci siamo. Luigi conducilo nel salone e dargli un buon bicchiere per farlo calmare, chiedi a Rosa di portare dell'acqua e quando arriva il dottore invialo qui».

Luigi faticò molto a convincere Max ad uscire fuori dalla porta, ad ogni urlo proveniente dal piano di sopra lui saltava in piedi e poi ricadeva sulla poltrona. Finalmente il medico arrivò, corse in camera senza attendere che fosse accompagnato. Dopo un po' si udì un urlo atroce a Max sembrò che gli si fosse fermato il cuore, poi si versò un altro bicchiere di alcool e disse a Luigi:

«Non le permetterò mai più di avere un figlio».

Luigi quasi soffocò a quelle parole, gli andò di traverso l'alcool. Poi non si udirono più suoni e Max balzò in piedi, pieno di timore. Ascoltava il minimo rumore, finché nel salone non echeggiò un dolce pianto di un bambino. Era divenuto padre. Ricadde sulla poltrona.

«Luigi sono padre. Luigi...»

«Congratulazione Max»

«Grazie, tu credi che tutto sia andato bene?»

«Certo».

Dopo molti minuti di attesa finalmente entrò Rosa e disse:

«Signore congratulazione è un maschio. Lui e sua moglie stanno bene, tra un po' le sarà permesso di vederli».

Quei minuti furono interminabili. Finalmente il medico si presentò gli fece le congratulazione e gli permise di andare dalla sua famiglia.

Corse su per le scale a due gradini alla volta, arrivato in camera quasi non riusciva ad aprire la porta dalla gioia, per fortuna che Luigi alle sue spalle aprii la porta e di fronte a lui comparve uno spettacolo meraviglioso. Sua moglie con suo figlio. Luigi fece gli auguri a Rosy, prese per mano sua moglie e chiuse la porta alle sue spalle. Lasciò che l'amico si godesse quei momenti indimenticabili.

«Rosy, piccola stai bene?»

«Sì, amore, guarda nostro figlio»

«È bellissimo».

Dopo aver terminato quella frase, lacrime di felicità scivolarono giù dai suoi occhi, finalmente anche lui non era solo, anche lui aveva una famiglia. Baciò sua moglie e le disse:

«Grazie amore oggi sono l'uomo più felice al mondo, ma non credo che ti permetterò di avere altri figli, sono quasi morto»

Rosy scoppiò a ridere e lui mise il broncio.

«Per non avere più figli vuol dire che non mi devi più toccare»

«Non devo più toccarti! Ma forse ci vuole anche una bimba»

«Sì certo, una bambina».

Poi iniziarono a ridere felici, mentre la voce del loro piccolo iniziava a farsi sentire. Max lo prese tra le sue forti braccia.

Era emozionato. La piccola manina di suo figlio gli strinse l'indice e lo vide cosi indifeso. Era suo figlio, il suo erede, insieme sarebbero andati a cavallo, si immaginò un futuro gioioso.

NATALE.

Nel palazzo riecheggiò il pianto insistente di un neonato. La tata prese in braccio il bambino per tranquillizzarlo, finché la sua mamma non rientrasse per allattarlo. Il bimbo non aveva intenzione di smettere di piangere.

Mentre Max e Rosy rientravano dalla loro visita, il pianto del loro bambino echeggiò come un rimbombo, sentendo quel pianto disperato, Max salì in un lampo le scale che lo conducevano verso la camera del piccolo. Rosy cercò di tranquillizzarlo, ma lui ormai era sordo ed ascoltava solo il pianto disperato di suo figlio.

La donna trasalì al rumore della porta che si apriva e lesse negli occhi del conte un riflesso di rabbia e poi lui le chiese:

«Va tutto bene?»

Senza attendere risposta Max le prese dalle braccia suo figlio e lo cullò dolcemente. Il bambino riconoscendo il tocco paterno smise di piangere e iniziò a giocare col suo dito. La domestica non osò fiatare e silenziosamente lasciò la camera, fece un lieve cenno alla contessa ed uscii.

Rosy guardava quell'uomo grande e grosso che parlava dolcemente al suo piccolo. Il quale era affascinato dalle sue dolci parole. Max le sorrideva e Rosy gli prese il bambino, si sedette comoda sulla poltrona e si slacciò il corpetto del vestito ed iniziò ad allattare il suo bambino che quasi le divorava il capezzolo dalla fame. Max guardava incantato quel quadro familiare.

La maternità aveva donato a Rosy una nuova luce. Terminato di allattare, Max si riprese il bambino, era bellissimo il legame che ogni giorno cresceva tra padre e figlio. Ogni volta che c'erano ospiti a casa non smetteva mai di elogiare suo figlio, come se fosse il figlio di un re. Parlava dei suoi versi come se fosse un bambino intelligente, mentre gli altri bambini erano non avevano le capacità di suo figlio.

Tornata con la mente al presente, vide il piccolo addormentato tra le braccia di suo marito, lo mise nella culla ed insieme ammirarono il loro capolavoro. Max le prese la mano con dolcezza e le disse:

«Mi hai reso l'uomo più felice al mondo nel sposarmi, ma il dono più grande è nostro figlio, lui è la mia carne, il mio sangue, il mio erede».

Rosy fu commossa da quelle parole, lo aveva abbracciato forte e gli disse:

«Siamo una famiglia».

I loro sguardi s'incrociarono per un lungo istante. Rosy si svincolò dal suo abbraccio, ma lui gli fu dietro, la girò verso di lui, le afferrò il collo e la attirò a sé, premendo la sua bocca verso la sua. La baciò con voracità, assaporando la sua bocca con lunghi e profondi movimenti della lingua. Caddero sul letto in un vortice di fuoco, muovendosi l'uno sull'altro con crescente frenesia. Alla fine lui scivolò dentro di lei, entrambi ansimarono e restarono immobili cercando di prolungare quel momento magico. Rosy abbassò le mani sul corpo nudo del marito e lui rabbrividì dal piacere ed iniziarono un ritmo tento che li condusse all'estasi totale.

Restarono sdraiati con gli occhi sognanti, sperando che il tempo si fosse fermato per sempre, imprigionando il loro amore.

I giorni trascorrevano felici, il piccolo Max Ludovico cresceva felice. Finalmente il Natale era alle porte, Rosy stava effettuando gli ultimi preparativi per ricevere i suoi ospiti. Per la prima volta dopo la nascita del piccolo Max rivedeva i suoi genitori e suo cugino Carlo con Alessia e la piccola Sofia.

Max si era recato dai loro amici a San Gregorio per consegnare i doni da parte di Rosy, tra di essi c'era un pensiero anche per Maria Maddalena, lei non era riuscita ad andare a causa del piccolo e per l'arrivo dei suoi familiari.

Antonio aveva allestito il presepe di famiglia all'ingresso del palazzo, l'abete del giardino era stato addobbato con bellissimi fiochi rossi.

Era la vigilia di Natale e tutto era pronto, gli ultimi ospiti stavano giungendo.

Rosy e sua zia si recarono con i suoi cugini di fronte al presepe e presero tra le mani la piccola statua di Gesù Bambino per chiedere di proteggere i loro familiari.

Il cuoco aveva preparato per l'occasione prepararono un antipasto di capponi guarniti; minestrina di tagliatelle e fegatini; intermezzo di carne e verdure; arrosto di cappone con cavolfiore e polenta; dolce di frutta con arance deliziose.

Finito il pranzo gli uomini si recarono nello studio per discutere di politica, mentre le donne rimasero in salotto a parlare di merletti e figli.

«Luigi, hai saputo dell'arresto Di Maria Maddalena?»

«Sì, l'hai comunicato a Rosy?»

«No, è così felice in questo periodo che non voglio rovinarle le feste. Lo farò dopo la partenza dei suoi»

«Hai sentito, si dice che sia lei la colpevole della strage di S. Potito»

«Lo sapevo il tenente mi ha informato. Io le sono in debito per avermi condotto da Rosy, non farò nulla in mio potere per aiutarla, dovrà pagare i suoi peccati»

«Anna è a conoscenza, avevamo deciso di non palarne a cena»

«Bene vi chiedo di non dirle nulla, sarò io a farlo»

«Forza raggiungiamo gli altri, tra un ora ci sarà la santa messa»

Verso le undici e mezza lasciarono i bambini alle tate e si recarono in chiesa per la santa messa.

Il mattino di Natale si avvertiva un aria di felicità, tutti si sentivano più buoni.

Quel giorno la cuoca aveva deciso di preparare un buon panettone con la frutta secca e lo aveva decorato con dello zucchero.

La colazione fu ottima soprattutto grazie al nuovo dolce, gli uomini si recarono al circolo a scambiare gli auguri, mentre le donne andarono a consegnare i doni per il santo Natale alle famiglie bisognose.

Rosy trascorse un Natale bellissimo con i suoi familiari. Il giorno dell'epifania dovette salutare i suoi ospiti che ritornarono alle loro abitazioni, fu triste nel separarsi, ma non per molto tempo. Dopo qualche mese si sarebbe recata a casa dei suoi genitori col piccolo Max.

MARIA MADDALENA.

Max aveva nascosto a Rosy la cattura di Maria Maddalena, ma ora non poteva più nasconderlo in quanto la notizia si stava diffondendo.

«Rosy, ti devo parlare»

«Max, ti ascolto».

«Un mese fa è stata catturata e arrestata Maria Maddalena, non te l'ho detto ed ho vietato a tutti di parlare perché eri troppo felice di trascorrere un Natale con i tuoi familiari ed ora che sono partiti volevo essere io a comunicarti la notizia»

«Dov'è?»

«È stata ferita di striscio ed è nel carcere di Piedimonte»

«Vorrei vederla»

«Avevo immaginato che una volta venutane a conoscenza mi avresti chiesto di condurti da lei. La carrozza è pronta»

«Grazie Max».

Arrivati in caserma, Rosy era agitata, anche perché stava mettendo in discussione il buon nome di suo marito. Max quasi comprese il suo disagio e le disse:

«Stai tranquilla, non mi interessa ciò che pensano di me. Io sono in debito con lei, è merito suo se ti trovata. Non ti ho mai detto come ti avevo rintracciato, perché le promisi di non farlo. Fu lei a cercarmi per condurmi da te, rischiando la propria vita»

«Oh Max».

Max l'abbracciò e la strinse forte a sé. Entrarono in caserma e il tenente li condusse da lei.

«Ciao Maria Maddalena»

«Rosy! Perché sei qui? Non è un luogo per le signore come te»

«Ogni amica si reca a trovare un'altra amica anche se lei è in carcere ed è un brigante»

«Un brigante che merita la prigione, tu non sai chi sono e cosa ho fatto»

«So chi sei, la donna che ha reso possibile la mia felicità»

«Rosy, io ho ucciso per i miei ideali»

«Questo lo sapevo, ma so anche che puoi cambiare e che un giorno quando uscirai io ci sarò per te»

«Passeranno degli anni prima che io esca, fidati. Sono accusata della strage di San Potito. Una volta finito il processo mi condurranno nella prigione di Giudecca a Venezia»

«Lo so, ma ricordati che io ci sarò»

«Un giorno ci rivedremo».

Le due donne si abbracciarono con la promessa che un giorno si sarebbero riviste. Rosy non giustificava ciò che aveva fatto, ma lei l'aveva protetta nel momento del bisogno ed era solo grazie a lei se era felice con la sua famiglia.

I soldati che la catturarono ricevettero mille ducati, il premio per la sua taglia.

Nel maggio del 1868 la Corte D'appello di Napoli la riconobbe colpevole della strage di S. Potito, fu condannata ai lavori forzati a vita dalla Corte D'assisi Ordinaria di S. Maria Capua Vetere. Durante il processo fu sempre presente in aula nella gabbia degli imputati. Gli fu affidato un giovane avvocato un certo Giacinto Bosco, il quale presentò ricorso alla sentenza, per cui fu condannata a venticinque anni di lavori forzati, oltre a dieci anni di sorveglianza speciale dopo la conclusione della pena.

Uscii dal carcere verso la fine del 1699. Negli ultimi anni di vita fece da bambinaia alla gente di San Gregorio mentre i genitori si recavano a lavorare la terra, che riaccettò la donna nella società.

Maria Maddalena morì a San Gregorio a settantadue anni di morte naturale nel 1908[10].

Le strade di Rosy e Maria Maddalena s'incrociarono negli ultimi anni di vita della donna, fu propria grazie alla sua amicizia con la contessa che la popolazione riaccettò la donna.

Erano ormai trascorsi due anni dal suo arrivo a Piedimonte, la sua vita era completamente cambiata, era madre e moglie felice. Aveva incontrato tanti amici che la rispettavano e l'amavano per ciò che realmente era, con loro non doveva

---

[10] Da Wikipedia.

fingere. Aveva lasciato alle spalle tutta l'alta società di Caserta, che non le mancava per nulla. Il piccolo Max cresceva ogni giorno di più, viziato da suo padre.

Il mese di maggio era arrivato e come d'abitudine si recava da sua zia per aiutarla a raccogliere i fiori per il tappeto di fiori per la piccola cappella della Madonna delle Grazie. Ma quel giorno si era recata dal medico per una visita speciale e quella sera dopo la festa avrebbe festeggiato con suo marito una bella notizia.

La festa fu bella come quelle degli anni precedenti, salutati i suoi zii si recarono a casa. In camera da letto Rosy si preparò per la notte, si stava spazzolando i capelli, quando entrò Max.

«Piccola, hai qualcosa di diverso oggi, i tuoi occhi brillano»

«Lo so Max, ora siediti ho una notizia da comunicarti»

«Quale notizia, hai in mente qualcos'altro?»

«Quasi, ci saranno delle novità nella nostra famiglia»

«Sentiamo, cosa hai macchinato adesso il tuo piccolo cervellino?»

«Veramente, questa volta non è colpa mia, ma tua»

«Mia?»

«Sì tua. Mi hai donato un bellissimo regalo e mi auguro che sia bello come il primo».

Max comprese le parole di sua moglie, la prese tra le braccia e le disse:

«Speriamo che sia una bellissima bambina»

«Maschio o femmina non ha importanza, ciò che conta che sia sanno ed che sia un parto facile»

«Oh mio Dio il parto, dovrò rivivere di nuovo quell'incubo»

Rosy scoppiò a ridere al ricordo di suo marito durante il travaglio del loro bambino.

Max l'abbraccio e le disse:

«Ti amo piccola, mi hai reso l'uomo più felice al mondo».

INDICE

 **youcanprint**

Finito di stampare nel mese di Ottobre 2014
per conto di Youcanprint *self - publishing*